상해연무

백화정원의 난초 아가씨

상해연무~백화정원의 난초 아가씨~

초판 1쇄 찍은 날 | 2015년 8월 1일
초판 1쇄 펴낸 날 | 2015년 8월 10일

지은이 | 요시다 안
그린이 | 이케가미 사료
옮긴이 | 조민경
펴낸이 | 예경원

편집책임 | 박우진
편집 | 오아현

펴낸곳 | 예원북스
등록번호 | 제396-2012-000132호
등록일자 | 2012. 7. 25
YRN | 제5-0039호

주소 | 경기도 고양시 일산동구 무궁화로 8-28 삼성메르헨하우스 712호 (우) 410-837
전화 | 031-819-9431 팩스 | 031-817-9432
http://blog.naver.com/ainandfin
E-mail | ainandfin@naver.com

ISBN 979-11-5845-908-6 03830

※ 파본은 구입하신 서점에서 교환하여 드립니다.
※ 저자와 협의하여 인지를 붙이지 않습니다.
※ 이 책은 예원북스와 Cosmic Publishing / NTT Solmare 와의 계약에 의해 출판된 것이므로 무단 전재 및 유포, 공유를 금합니다.
※ 이 도서의 국립중앙도서관 출판시도서목록(CIP)은 서지정보유통지원시스템 홈페이지(http://seoji.nl.go.kr)와 국가자료공동목록시스템(http://www.nl.go.kr/kolisnet)에서 이용하실 수 있습니다.

상해연무

백화정원의 난조 아가씨

요시다 안 글

이케가미 사쿄 그림

조민경 옮김

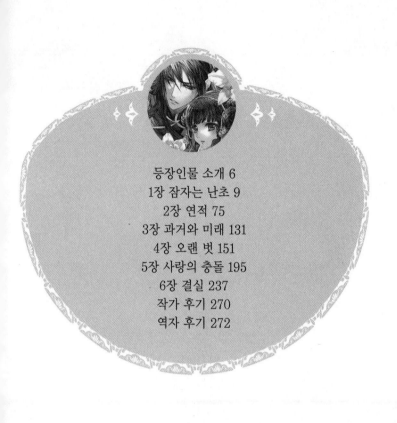

❀ 리(李)

❀ 후취령(候翠鈴)

❀ 여명괴(呂明壞)

❀ 여명덕(呂明德)

등장인물소개

상해연무

백화정원의 난초 아가씨

✿ 류단영(劉丹玲)
상해 제일의
고급 레스토랑 「백화주점」의 주인.

✿ 계춘란(桂春蘭)
아버지를 구하기 위해
단영에게 몸을 맡기게 된다.

1장
잠자는 난초(슬리핑 오키드)

　백화주점(百花酒店)의 정원에는 그 이름처럼 꽃이 만발했다.

　영국의 앤 여왕 복고(퀸 앤 리바이벌) 스타일을 모방한 삼층 건물 저택, 중국 전역은 말할 것도 없고 유럽, 페르시아, 인도 등에서 모은 식재료, 필리핀인으로 이루어진 밴드의 라이브 연주, 그리고 장미 문을 들어선 뒤 약 십오 장(丈, 길이의 단위로 3.33미터에 해당)이나 이어지는 백화정원이 이가게의 자랑거리였다.

　중국이지만 영국과 프랑스의 조계(租界, 외국인이 자유롭게 거주하도록 허락한 땅)에 해당하며, 세계 각국에서 다양한 인간과 물자가 모이는 상해에서는 식물조차 다국적이었다.

새해의 시작인 일월 초, 눈은 내리지 않지만 아직 추운 정원을 물들인 것은 일본에서 운반된 동백의 다홍빛이었다.

아직 문을 열기에는 이른 오후 네 시 경, 밤에는 테이블이 배치되어 북적이는 정원도 지금은 고요할 터였는데—

"이거 놔요. 저는 수상한 사람이 아니에요!"

"입 다물어! 살금살금 들어오다니, 도둑이냐?!"

"아니에요! 저는 이 가게의 주인에게 할 말이 있어요!"

두 남자에게 붙잡힌 것은 머리를 양쪽으로 땋아 내린 아가씨였다. 수수한 웃옷에 바지를 입고 화장기 없는 얼굴이었지만, 무언가를 호소하는 까만 눈동자는 컸고 속눈썹도 풍성했다.

하지만 남자들은 아가씨의 필사적인 호소에도 개의치 않고 그녀를 짐짝처럼 문으로 끌고 갔다.

"우리 주인님이 너 같은 계집애를 만날 리가 없잖아? 여기서 일하고 싶다면 중개인을 찾아가."

"아니에요. 일하고 싶은 게 아니라고요. 저는……."

그들의 등 뒤에서 희미하게 나무가 움직였다. 하지만 호소하기 바쁜 아가씨는 그것을 눈치채지 못했다.

"저는 난초를 원해요. 잠자는 난초(슬리핑 오키드)요!"

그 이름을 듣자마자 남자들은 깜짝 놀라 얼굴을 마주봤다.

"이 바보야! 네가 지금 무슨 말을 하는지 알아! 잠자는 난초는……."

하지만 다음 순간, 그들은 얼어붙은 듯 움직이지 않았다. 아가씨의 등 뒤에서 초목을 헤치며 나타난 이가 있었다.

"아, 아아, 주인님!"

남자의 말에 아가씨는 머뭇머뭇 돌아봤다. 나무 사이에서 나타난 이는 호화로운 전통 치파오를 입은 남자였다. 파란색에 용 모양 자수가 놓인 천은 묵직해 보였다. 기다란 머리카락을 뒤로 늘어뜨리고, 앞머리 사이로 엿보이는 눈동자는 옆으로 길게 찢어져 있었으며 날카로웠다. 매우 아름답고— 매우 젊었다.

'이 사람이 백화주점의 주인?!'

백화주점 하면 중국인이 경영하는 레스토랑 중에는 상해에서도 일이 위를 다투는 고급 가게였다. 소개가 없이는 입점도 할 수 없고, 요금도 어마어마하게 비쌌다. 손님은 중국인뿐만 아니라 유럽인도 많았다.

그곳의 주인이라 하면 어느 정도 연배가 있는 남자라고 생각했었는데.

눈앞에 있는 남자는 엄청나게 젊었다. 기껏해야 이십대 전반으로 보였다.

입은 옷은 촌스러울 정도로 호화로운 치파오였다. 키는 컸고, 낙낙한 옷 위에서도 낭창낭창한 몸매임을 알 수 있었다. 그리고— 어마어마한 미모였다. 가냘픈 콧마루는 높았고, 살짝 서양인의 분위기도 느껴지는 길게 째진 눈 속에는 아름다운 동양의 눈동자가 있었다. 그 눈동자가 땅바닥에 주저앉은 아가씨를 내려다봤다.

"왜 잠자는 난초를 원하는 거지?"

주인의 말에 아가씨는 쥐처럼 움츠러들었다.

"죄송합니다…… 몇 번이나 편지를 보내 드렸는데 답장이 없어서, 생각다 못해 직접 찾아왔습니다."

주인은 변명하는 아가씨를 그저 조용히 바라보았다.

"저기, 이 가게에 있는 잠자는 난초를 나누어주실 수 없을까요? 물론 값은 지불하겠습니다."

"왜 잠자는 난초가 필요하지? 그건 약도 뭣도 아니야. 그저 꽃이지."

아가씨는 정원에 정좌한 채 주인을 마주했다. 허벅지 위에서 주먹을 꽉 쥐었다.

"제 아버지를 위해서입니다— 아버지께서 한 번이라도 편안하게 주무실 수 있게 해드리고 싶습니다. 난초의 힘으로요."

저녁나절이 가까운 백화정원에 강바람이 불어와 주인의 기다란 흑발을 흔들었다.

'백화주점의 잠자는 난초'라는 것은 상해에서 은밀하게 떠도는 기묘한 소문이었다.

본래 중국의 난초에는 향이 강한 것이 많은데, 잠자는 난초의 향은 특수했다.

그 향을 맡기만 해도 편안하게 잠이 들며, 그 황홀함은 마치 선녀와 함께 하늘에서 노는 듯하다고 한다.

그 향을 즐기기 위해, 백화주점에서는 특별하게 선별한 단골손님만을 잠자는 난초의 연회에 초대했다. 다양한 호화로움을 만끽한 부자들이지만, 그저 잠들기 위해 그 밤에 모이는 것이었다—

"저희 아버지께서는 고향을 떠나 이곳 상해에 온 이래로 편안하게 잠드신 적이 없습니다. 그런 아버지께서 한 번만이라도 숙면을 취하셨으면 좋겠습니다."

간절하게 호소하는 아가씨를 보며 부하인 남자들은 비웃었다.

"그렇게 잠들고 싶거든 아편이라도 흡입하면 한 방에 해결될걸?"

중국에는 영국이 인도에서 들여온 아편이 만연하고 있었고, 특히 상해에는 도처에 아편굴이 존재했다. 안색이 좋지 않은 아편 중독자가 중국인 거리를 헤매는 것도 드문 일이 아니었다. 아가씨는 쉽사리 마약 이름을 내뱉은 남자를 매서운 눈으로 노려보았다.

"바보 같은 소리 마세요! 부모님께 아편을 드리는 딸이 어디 있어요?!"

"사겠다고 했지? 얼마나 낼 수 있나?"

갑자기 젊은 주인이 입을 열었기에, 아가씨를 포함한 세 사람의 몸이 굳었다.

"저기…… 잠자는 난초의 가격은 얼마인가요?"

"몰라. 잠자는 난초를 판 적은 없으니까. 그건 판매용이 아니야. 점원 중에도 소수만이 만질 수 있지."

"……그러고 보니 나도 본 적이 없어."

아가씨를 잡고 있던 남자가 말했다.

"왜죠? 편안하게 잠들 수 있는 난초라면 비싼 값을 지불하고서라도 사고 싶어 하는 사람이 많을 텐데……."

아가씨는 저도 모르게 의문을 입 밖에 냈다. 하지만 미모의 주인이 뚫어져라 노려봤기에 무심결에 얼굴을 숙였다.

"캐물어서 죄송합니다. 하지만 저는 정말로 아버지를 위해서 난초를 원해요. 부탁드립니다. 나눠주세요……."

"거절할게."

주인은 기다란 중국옷을 펄럭이며 또다시 초목 속으로 사라지려 했다. 아가씨가 그 발에 매달렸다.

"앗, 너, 뭐하는 거야!"

"그 더러운 손으로 주인님을 만지지 마!"

시종인 남자들은 아가씨의 옷과 머리카락을 잡아당기며 떼어내려 했지만, 아가씨는 가느다란 팔을 필사적으로 뻗어 주인의 다리에 얽었다.

"부탁드려요! 부탁드립니다! 돈이라면 몇 년이 걸리더라도 반드시 지불할게요. 저희 집은 마을에서 옷 장사를 하고 있어요. 결코 도망치거나 속이지 않습니다!"

"이봐, 마을에서 장사를 하고 있다면 이분이 어떤 분인지 알 거 아냐?"

"네?"

갑작스런 질문에 아가씨의 눈이 휘둥그레졌다.

"이 분은 황룡단(黃龍團)의 여(呂) 두목과 지인이셔. 여 씨의 아드님과 주인님은 소꿉친구시지. 쉽게 입을 열어도 될 상대가 아니라고."

"아……."

아가씨는 여 두목의 이름을 듣자 얼굴이 파래졌다. 황룡단이라고 하면, 청방(靑幇)이라고 불리는 상해 비밀결사 중에서도 가장 힘이 있는 집단이며, 여명괴(呂明壞)는 그 우두머리였다. 아편굴이나 매춘업소를 몇 개나 가졌고 다양한 업체에서 자릿세를 받고 있었다. 시커먼 포드를 몰고 다니며, 영국에서 만든 신사복에 몸을 감싸고 거리를 어슬렁거렸다.

물론 그 무시무시함은 비할 바가 없었고, 그를 거스르거나 따르지 않은 자는 수없이 강물 위에 떠올랐다.

이 남자와 그 사람이 아는 사이? 그렇다면 이자도 황룡단의 일원인가? 무시무시한 청방의?

하지만 아가씨는 새파래진 얼굴을 하고도 그의 발을 놓지 않았다.

"……부탁드립니다. 이제 잠자는 난초밖에 아버지를 재워 드릴 수 있는 방법이 없어요……. 수많은 약을 썼고 침구사(針灸師)도 찾아갔었습니다. 하지만 실패였어요. 부탁드립니다, 제발……."

아가씨는 커다란 눈동자에 눈물을 글썽이며 주인을 바라봤다. 그리고 땅바닥 위에 넙죽 엎드렸다. 땋아 내린 긴 머리카락이 풀줄기처럼 흙 위에 뻗쳤다.

남자 시종들도 움직이지 않았다. 젊은 주인이 아가씨를 물끄러미 바라보고 있었기 때문이다. 그러고 있으니 그들의 점주는 유럽에서 온 하얀 조각처럼 아름다웠다.

"일어서 봐."

제법 시간이 흘렀고, 마침내 주인이 입을 열었다. 아가씨는 머뭇머뭇 그 자리에서 일어났다.

"이름은?"

"계춘란(桂春蘭)이라고 합니다……."

"몇 살이지?"

"……올해로 성인이 되었습니다."

수수한 옷은 흙으로 더럽혀졌고 땋아 내린 머리카락도 흐트러져서 부스스했지만, 가만히 보니 미인이었다. 얼굴은 아직 소박한 소녀다움이 남아 있었지만, 가슴이나 허리의 곡선은 그녀가 이미 여인으로서 성숙했음을 드러내고 있었다. 주인의 차가운 눈동자는 옷을 넘어 그녀의 하얀 살결과 풍만한 가슴까지 꿰뚫어보는 듯했다.

'설마…….'

아가씨는 자신의 몸을 꽉 끌어안으며 생각했다. 불길한 예감에 몸이 떨렸다. 그리고 그 예감은 적중했다.

"난초는 팔지 않아. 팔지 않지만…… 네가 내게 몸을 바친다면 그 대가로 한 촉을 주도록 하지."

예상은 했지만 아가씨는 충격에 머릿속이 새하얘졌다. 너무나도 파렴치한 교환 조건이었다.

"저, 저기, 돈으로 드리면 안 될까요……? 저희 가게는 번성하고 있습니다. 저축해 둔 돈도 약간 있고요. 난초는 부르는 값에 살게요……!"

"난초에 가격은 매길 수 없어. 만약 매긴다고 하더라도 네가 평생 동안 모으는 돈보다 고가일 테지."

다리가 떨려서 그 자리에 주저앉을 것 같았다. 춘란은 수치심을 무릅쓰고 주인에게 고백했다.

"저는…… 아직 결혼하지 않았고, 사랑하는 사람과 인연을 맺은 적도 없습니다……. 저의 정조는 미래의 남편이 될 사람의 것입니다."

얼굴이 불타는 숯처럼 빨개졌다. 처음 만나는 남성의 앞에서 자신의 순결을 입에 올리다니 죽고 싶을 만큼 부끄러웠다. 하지만 젊은 주인은 냉혹하게도 그녀의 순정을 비웃었다.

"하하하, 그래야 난초와 균형이 맞지. 너의 가장 중요한 것을 바치지 않으면 잠자는 난초와 균형이 맞지 않아."

춘란은 절망했다. 어쩜 이렇게 비열하고 추잡한 남자가 다 있을까. 하필이면 이런 인물이 잠자는 난초의 소유자라니.

"하룻밤 생각해 보고 그럴 마음이 든다면 내일 오도록

해. 난초의 꽃이 피기까지는 앞으로 세 달—그사이에 이 저택에서 살며 내 것이 된다면 원하는 것을 주지."

"—정말이시죠?"

"거짓말은 하지 않아. 자, 이제 돌아가. 나는 개점 준비를 해야 돼."

춘란은 눈물을 글썽이며 젊은 점주를 노려봤다. 청방의 일원, 귀중한 난초와 교환하여 여자의 몸을 갈구하는 비열한— 하지만 눈앞의 남자는 마치 대나무처럼 상쾌했다. 그 마음에 추악한 욕망이 깃들었다고는 생각할 수 없었다.

'이 남자를 믿어도 될까? 나를 놀리는 건가? 아니면 순결을 빼앗은 다음에 기생집에 팔 셈인가?

아무리 생각해도 결론은 나오지 않았다. 난초를 원하면 그에게 따를 수밖에 없었다— 호랑이를 잡으려면 호랑이 굴에 들어가야 하듯이.

"알았습니다. 하룻밤 생각해 보고— 부모님의 허락도 얻어야겠지요."

"좋아."

"한 가지만 가르쳐 주십시오."

"뭐지?"

"당신의 성함이 뭐죠?"

허를 찔렸는지 주인의 눈이 조금 커졌다. 아름다운 입술이 초승달 모양으로 변하며 웃었다.

"너는 내 이름도 모르고 이곳에 온 건가?"

"죄송합니다. 하지만 아무도 모른다기에…… 편지는 지배인님 앞으로."

주인은 옆을 보며 살짝 쓴웃음을 지었다.

"내 이름은 아직 가르쳐 줄 수 없어. 오늘을 마지막으로 두 번 다시 보지 않을 여인이라면 말할 필요가 없으니까. 마음을 굳히고 왔을 때 알려주도록 하지."

"……알겠습니다. 그럼 물러가겠습니다."

춘란은 발걸음을 돌려 긴 정원 안을 재빨리 빠져나갔다. 저택 쪽에서 악단이 음을 맞추고 있는지 바이올린 소리가 희미하게 들렸다.

커다란 강가에는 뉴욕처럼 고층 건물이 늘어서 있었지만, 내륙으로 한 발 내디디면 작은 집이 늘어선 중국인 마을이었다. 점포와 가옥이 하나로 된 집에 도착했을 때는 이미 어둑어둑했다.

"춘란! 어디 갔었어? 이렇게 늦게까지!"

가게 안에 있던 어머니 춘나(春那)가 딸을 나무랐다. 희끗희끗한 머리카락을 깔끔하게 묶었으며, 딸과 똑 닮은 큰 눈을 갖고 있었다.

"미안해. 백화점을 구경하러 갔었어. 지금은 어떤 옷이 유행인가 싶어서."

"뭣 하러 그런 짓을……. 우리는 예전부터 존재하는 옷만 만들면 돼."

그다지 크지 않은 가게 안의 선반에는 천이 죽 늘어서 있었다. 고향을 도망쳐 나와 상해에 다다른 춘란의 가족은 재봉소를 경영하고 있었다.

"이제 곧 가게 문을 닫을 테니, 너는 저녁 식사 준비를 해줘. 배달 갔던 네 오빠도 그사이에 돌아올 테지."

"응……. 아버지는?"

아버지를 크게 부르자 어머니의 눈썹이 무겁게 흐려졌다.

"그이는 오늘도 늦는 게 아닐까……? 식사는 나랑 오빠, 그리고 네 몫만 준비하면 돼. 그이가 돌아오면 내가 뭐든 만들 테니까."

춘란의 가슴이 답답해졌다. 역시 아버지를 내버려둘 수는 없었다. 이대로라면 아버지만 상해의 어둠에 잠기고 말 것이다. 가족을 구하기 위해서…….

"엄마, 할 말이 있는데."

"뭔데?"

"……조금 이따 해도 되겠다. 식사하면서 할게."

춘란은 가게 뒤에 있는 부엌으로 들어가 심장의 고동을 필사적으로 억눌렀다. 앞으로 어머니에게 심한 거짓말을 해야만 했다. 고향을 떠났을 때보다 가슴이 아팠다.

"백화주점에서 일한다고?! 거기서 거주하면서?"

가게 2층에 있는 거실에서 어머니와 식탁을 둘러싼 채, 춘란은 어렵사리 생각한 거짓말을 할 수 있었다. 가게 일로 외출한 오빠는 아직 돌아오지 않았다.

"응, 친구가 소개해 줬어. 공동 조계에 있는 백화주점이야. 알지?"

"그야, 이름 정도는 알고 있지만 네가 무슨 일을 한다고 그래?"

"요리나 술을 나를 뿐이야. 근처에 있는 반점과 다를 바 없어."

"그럼 왜 굳이 먼 가게까지 가려고 하니?"

어머니의 의심 가득한 눈초리를 보는 것이 괴로웠다.

"다양한 손님이 찾아온대. 중국인뿐만 아니라, 영국인이나 프랑스인 등등 말이야. 영어를 배울 수 있을지도 모르잖아."

"그렇다고 거주를 한다니……. 출퇴근하면 안 되니?"

"밤늦게까지 일을 하거든. 다른 점원도 있으니까 괜찮아."

"우리 가게는 어쩌고?"

"그러니까 세 달만 한다고 했잖아. 일월부터 삼월까지는 가게가 무척 바쁘대. 친구도 가게에서 구인을 부탁받았대. 짧은 기간만 일할 수 있는 아가씨는 없느냐며 말이지."

입에서 거짓말이 술술 나오는 모습이 무시무시했다. 뒤가 켕기면 켕길수록 연기가 훌륭해지는 것 같았다.

"가게는 내가 없어도 돌아갈 거 아냐? 오빠도 있고, 재봉사도 몇 명 고용했잖아?"

"나는 네가 남에게 얼굴 파는 걸 반대해. 아직 시집도 가기 전인데."

가장 건드리지 않았으면 하는 화제로 들어가자 춘란은 무심결에 입을 다물었다. 남에게 얼굴을 파는 것만이 아니라 더욱 파렴치한 짓을……

"가, 가게에도 나가고 있잖아."

"그러니까 되도록 네게 가게를 지키라고 하지 않잖니? 너를 남의 눈에 띄게 하고 싶지 않아. 이곳은 어떤 인간이 어슬렁거릴지 알 수 없으니까. 청방의 패거리에게 납치라도 당하면……"

냉정해졌던 심장이 또 다시 쿡쿡 쑤셨다. 제대로 거짓말을 하고 있는 걸까? 어머니는 혹시 모든 것을 꿰뚫어보고 있나……?

"엄마, 부탁이야. 괜찮지? 백화주점은 유럽의 성처럼 무척 아름다워! 나는 그런 곳에서 일해보고 싶어!"

거짓말을 얼버무리기 위해, 춘란은 일부러 들뜬 목소리를 냈다. 어머니는 단념한 듯 한숨을 쉬었다.

"너는 그렇게 화려한 곳을 싫어하는 줄 알았는데 역시 아가씨였구나. 화려한 것을 동경하고 있었어."

"미안해……"

"됐어. 그 나이에 늘 수수한 옷만 입는 게 걱정스러웠어. 그런 가게라면 백화점에서 파는 외래품을 두른 손님이 올지도 몰라. 똑똑히 봐두고 나중에 가르쳐 줘."

"응, 고마워……."

"그나저나 늦는구나, 네 오빠……. 또 친구랑 한잔 걸치러 갔나?"

어머니의 목소리도 새삼 밝아졌다. 밤이 깊어도 돌아오지 않는 아버지는 굳이 입 밖에 내지 않았다.

"오빠는 요즘 집 비우는 일이 많던데 뭐하는 거야?"

"글쎄다. 새로운 장사를 구상하고 있다고는 하는데 가르쳐 주질 않는구나."

"이상한 집단에 들어간 건 아닐까? 혁명군이라든지 청방 같은."

"아서라!"

평온하던 어머니의 목소리가 갑자기 거칠어졌다.

"혁명군이라니…… 너도 알잖니? 그 녀석들이 어떤 놈들인지. 처음에는 세상을 좋게 만들 사람들이라고 생각했지만 지독한 무뢰한이었어. 그 녀석들에 비하면 청방은 착해 보일 지경이야."

"엄마, 청방의 사람을 알아?"

"아는 사람은 없지만 마을에 있다 보면 이야기는 듣지. 그 녀석들도 난폭하지만 그나마 질서나 인의는 있으니까."

그 남자에게는 질서나 인의가 통할까? 춘란과의 약속을 지켜줄까?

그날 밤.

춘란은 어머니의 옆에서 이불을 뒤집어쓰고 입술을 깨물며 오열을 참았다.

'미안해, 엄마……'

춘란이 속한 계씨 가문의 인간은, 황제의 사후 황폐해진 고향을 떠나 상해로 흘러 들어왔다. 태어난 토지에서 쫓겨나 익숙지 않은 토지에서 가게를 꾸리는 어머니의 희망은 두 남매였다. 아들이 장가를 가고 춘란을 시집보내는 것. 되도록 좋은 집안으로, 유능한 남성에게.

춘란은 그 바람을 배반하려 하고 있었다.

그 남자에게 순결을 빼앗긴다면 변변한 집안으로 시집갈 수 없을 것이다. 만약 결혼한 뒤 처녀가 아님이 발각된다면 부모님의 명예에 상처를 입히게 된다.

춘란은 앞으로 평생 결혼하지 않고 가문을 지키고자 결심했다.

그렇게까지 해서라도 잠자는 난초를 원했다. 그 난초가 있으면 아버지의 고뇌를 덜어드릴 수 있다. 아버지를 구할 수 있을지도 모른다.

'아버지……'

지주로서 가족과 마을을 지키던 아버지. 다정했던 아버지. 그 아버지는 아직 돌아오지 않았다. 오빠는 밤중에 술에 취해 돌아왔지만.

'아버지, 기다리세요. 삼월이 되어 난초를 손에 넣으면 괜찮아질 거예요. 푹 주무실 수 있게 해드릴게요.'

불현듯 뇌리에 그 남자의 얼굴이 떠올랐다. 길게 찢어진, 어두운 눈동자.

그 남자는 어디서 왔을까?

다음 날, 저녁 무렵이 지나자 춘란은 여벌의 옷을 챙겨들고 백화주점을 찾았다. 울타리를 몰래몰래 넘었던 어제와는 달리, 장미 덩굴에 덮인 아치형 문으로 들어갔다.

걸어가는 춘란의 옆을, 인력거와 반짝반짝 빛나는 자동차가 잇따라 추월했다. 그것들이 주차장에 서자 잘 차려입은 중국인이나 서양인이 내렸다. 아름다운 여성을 동반한 이도 있었다. 손님이 짧은 계단을 올라가자, 검은 신사복을 입은 남자 두 명이 문을 열었다.

춘란은 조심조심 문지기에게 다가갔다. 그들은 중국인 같았지만 두 사람 다 짧게 깎은 머리카락을 미국인처럼 딱 붙이고 있었다.

"실례합니다, 마드모아젤. 일행은요?"

춘란은 허둥지둥 입을 열었다.

"저기…… 저는, 계춘란이라고 합니다. 점주님의…… 점주님의……."

그리고 보니 아직 그의 이름을 듣지 못했다. 춘란은 땀을 뻘뻘 흘렸고 그곳에서 도망치고 싶었다.

"춘란님이시군요. 알고 있습니다. 들어가시지요."

하얀 장갑을 낀 손이 묵직한 문을 열었다. 그 순간, 음악과 떠들썩한 말소리, 그리고 음식 향기가 밀려왔다.

문 안으로 들어가서 오른쪽에는 기다란 카운터의 웨이팅 바, 중앙에는 하얀 식탁보가 눈부신 다이닝, 안쪽에는 라이브 악단이 서양 음악을 연주하고 있었다. 손님은 아직 60퍼센트 정도 차 있었지만, 모두들 화려한 차림을 하고 요리와 술을 즐기고 있었다.

문 안으로 한 걸음 내디딘 춘란에게 말을 거는 이가 있었다.

"계춘란님이시죠?"

"꺄악!"

"죄송합니다. 놀라셨군요. 주인님께 말씀은 들었습니다. 지배인인 요입니다."

"아, 네."

"곧 주인님께서 오실 겁니다. 자, 이쪽에서 기다리시지요."

까만 중국옷을 입은 요라는 남자는 춘란을 바의 높은 의자로 안내했다. 등받이가 없는 둥근 의자는 아이의 키 높이쯤 되었고, 앉으니 다리가 바닥에 닿지 않았다.

"뭐든지 말씀만 해주십시오. 미국에서 유행하는 칵테일은 어떠십니까?"

"네, 뭐든지……."

"그럼 실례하겠습니다."

요가 물러가자 춘란은 높은 의자 위에 홀로 남겨졌다. 바

너머에 있던 검은 조끼를 입은 남자가 다가왔다.

"뭘 드릴까요?

"아니요, 괜찮습니다. 저는 술을 못하거든요."

"마시기 쉬운 술도 있습니다. 오렌지를 사용한 술은 어떠신가요?"

"네, 그럼 그걸로……."

바에서는 그녀 외에 서양인 두 사람이 저만치에서 담소를 나누고 있을 뿐이었다. 전혀 이해할 수 없는 이국의 말은 마치 신비한 음악 같았다.

"여기 있습니다."

갑자기 들이민 좁은 잔에는 귤색의 액체가 가득 차 있었다. 코를 갖다 대도 과실의 향기밖에 나지 않았다.

"오렌지주스와 러시아의 술을 섞은 칵테일입니다. 드셔보세요."

춘란은 날씬한 잔을 조심조심 들었다. 차가운 음료에는 익숙하지 않았지만, 입을 대자 상쾌한 산미(酸味)가 느껴졌다. 겨울의 귤보다 훨씬 달콤했다.

'정말로 오고 말았어— 어쩌지?'

난초 한 촉을 위해 몸을 바친다— 남들 눈에는 어리석을 것이다. 춘란 본인도 설마 이렇게 될 줄은 몰랐다.

지금이라면 아직 되돌릴 수 있다. 요에게 마음이 변했다고 전하고 이곳에서 도망친 뒤 두 번 다시 얽히지 않으면 된다. 어머니를 위해 좋은 사람과 결혼하여 가정을 이루어야 한다.

하지만 다음 순간 그 주인의 얼굴이 떠올랐다. 호화로운 주점의 주인, 청방의 일원— 하지만 여자처럼 아름다운 길게 찢어진 눈.

'나는 아직 그 사람의 이름도 몰라. 한 번만 더, 딱 한 번만 더 만난 뒤에 도망쳐도 늦지 않을 거야.'

주황색 술을 마시는 사이에 춘란의 몸이 휘청거렸다. 알코올을 전혀 느낄 수 없었는데 조금 마신 것만으로도 몸이 뜨거워지고 현기증이 났다. 발이 닿지 않는 높은 의자에서 떨어질 것 같았다.

'안 돼. 어딘가에서 취기를 달래야겠어.'

둥근 의자에서 어떻게든 내려오려고 고심하던 그때, 가게 안이 살짝 웅성거렸다.

정면의 안쪽에 있던 계단에서 누군가가 내려오고 있었다.

'아⋯⋯.'

파란색의 기다란 중국옷을 나부끼며 주인이 내려왔다. 그의 모습을 본 손님들은 잇따라 손을 들고 인사했다.

그는 부유한 신사나 아름답게 차려입은 여인들에게 정중하게 미소 지었다. 그 표정은 어제 백화주점에서 만났을 때와는 딴판으로 부드러웠다. 서양인과 한동안 대화를 나누기도 했다. 단정한 얼굴의 그가 미소를 보내자 여인들은 취한 듯 뺨을 붉혔다.

'어쩜 저렇게 아름다운 남자가 다 있담…….'

춘란은 초라한 모습으로 태연하게 찾아온 자신이 갑자기 부끄러워졌다.

애초에 저런 남자가 난초를 미끼로 여자를 낚을 필요가 있을까?

돈도 힘도 있는 데다 젊고 아름답다. 청방이라면 수많은 기생집을 소유하고 있으니 상해 제일의 미녀를 부르는 일도 가능하다.

그런데 순결한 것 말고는 딱히 장점이 없는 자신을 왜?

'나…… 놀아난 걸까?'

대단히 필사적으로 난초를 원했으니 단념시키기 위해 그런 말을 한 게 아닐까? 아니면 그저 농담을 할 셈이었다거나.

'그런데 진심으로 몸을 바칠 생각을 하고, 엄마에게 거짓말까지 하다니. 바보 같아!'

그에게 들키기 전에 가게를 나가자. 춘란은 높은 의자에서 내려가려 했다. 하지만 취기가 돌아 다리가 후들거리는 바람에 의자의 바를 잘못 밟고 말았다. 몸이 휘청거렸고, 정신을 차려 보니 큰 소리를 내며 바닥에 쓰러져 있었다.

"까악!"

몸이 쓰러지며 가늘고 긴 의자도 함께 쓰러지는 바람에 가게 안에 쿵 하는 소리가 울려 퍼졌다. 넓은 홀 안에서 몇몇 사람들이 춘란 쪽을 돌아보았다. 그중에 그 남자도 있었다.

'아아, 들켰다!'

춘란은 쥐구멍에라도 숨고 싶었다. 자신의 모습을 발견한 남자는 곧장 이쪽으로 다가왔다. 농담을 진심으로 받아들인 시골 아가씨를 비웃으러 오는 것이 틀림없었다.

벌떡 일어났지만 눈앞이 핑핑 돌아 바닥에 주저앉았다. 이러저러는 사이에 그는 점점 더 가까이 다가왔다.

"오, 오지 마세요……!"

"춘란, 왔군."

남자는 기다란 중국옷이 더럽혀지는 것도 아랑곳 않고 그녀의 곁에 웅크려 앉았다.

"왔으면 당장 나를 찾아 왔어야지."

"죄송합니다. 이쪽으로 오신 뒤에 말씀 드리려고—"

아까 그 요라는 남자가 춘란 대신 해명을 했다.

"괜찮습니다. 혼자 갈 수 있어요……."

"간다고? 너는 난초를 원한 게 아니었나?"

난초는 원했다. 하지만…….

"진심이세요? 진심으로 저를……."

거기까지 말한 춘란은 수치심에 얼굴을 덮었다. 도대체 어떻게 하면 좋을지 알 수 없었다. 그러자 갑자기 몸이 붕 떴다.

"꺄아악!"

"술을 마셨나? 몸이 뜨거워."

남자의 손이 바닥에 주저앉았던 춘란을 안아 들었다. 일련의 진행 상황을 지켜보던 손님들은 웅성거렸다. 휘파람을 불며 떠들어대는 이도 있었다.

"그만둬요. 내려주세요!"

"제법 취했군. 러시아 술은 독하지."

가게 안의 시선을 모으며, 남자는 춘란을 데려갔다. 다다른 곳은 방금 전에 그가 내려온 계단이었다. 그는 그다지 완만하지 않은 계단을 그대로 가볍게 올라갔다. 낭창낭창한 몸매와는 대조적으로, 그 팔은 강인했다.

이 층을 지나 삼 층으로 갔다. 백화주점의 맨 꼭대기 층이었다. 복도는 어두웠고 수많은 문이 늘어서 있었다. 안쪽도 서양풍의 구조였다.

남자는 복도에서 가장 큰 문 앞에 선 뒤 마침내 춘란을 내려놓았다. 복도는 가게와 같은 판자가 아니라, 짧은 털이 달린 깔개가 빈틈없이 깔려 있었다. 춘란은 처음으로 융단을 밟아보았다.

"여기서 기다리도록 해. 가게는 열두 시쯤 끝날 거야. 네 상대는 그 뒤에 해주지."

단둘이 남자, 그의 눈이 어제의 날카로움을 회복했다. 춘란은 조용히 그를 바라보았다.

"왜 그러지? 각오를 하고 온 것 아닌가?"

남자가 주머니에서 꺼낸 열쇠로 좌우 여닫이문을 열었다. 어두운 방 안 역시 서양풍 세간으로 맞춰져 있었지만,

벽 쪽의 침대만은 중국의 물건이었다. 그것을 보자마자 머리가 한층 더 뜨거워졌다.

"그만두겠어? 지금 돌아가도 괜찮아."

발걸음을 돌린다면 지금이다— 하지만 춘란의 발은 움직이지 않았다.

"잠깐만요."

"그만두겠어?"

"아니요, 들어가겠습니다. 하지만…… 한 가지 약속을 하셨지요."

"뭐지?"

춘란은 남자를 보고 섰다.

"한 번 더 찾아온다면 이름을 가르쳐 주겠다고 하셨어요."

희미한 어둠 속에서 남자가 살며시 웃었다.

"내 이름은 류, 류단영(劉丹玲). 오늘부터 너는 나의 것이야."

그는 문을 닫고 밖에서 걸어 잠갔다. 놋쇠로 만든 문고리를 돌려 봤지만 안쪽에서도 열쇠가 없으면 열 수 없는 모양이었다.

'갇혀 버렸어…….'

춘란은 갑자기 두려워졌다. 방에는 창을 통해 들어온 달빛뿐, 네 귀퉁이는 어둠에 잠겨 있었다.

'어쩌지? 기다리라니 대체 어디서 기다려야 할까……?'

춘란이 더듬거리며 창가로 다가가고자 살며시 발을 내디뎠을 때, 갑자기 방이 밝아졌다.

"꺄악!"

그것은 마치 낮으로 거슬러 올라간 듯한 밝기였기에, 춘란은 저도 모르게 비명을 질렀다. 방의 천장에는 전등이 달려 있었는데 그것에 불이 들어온 것이었다.

'방에도 전등이 있어?!'

지금까지 가로등이나 조계의 네온을 통해 전등의 빛을 본 적은 있었다. 하지만 개인의 집에서 전기로 밝힌 방을 본 것은 처음이었다. 춘란의 가족이 생활하는 중국인 마을에는 아직 전기가 통하지 않았다.

"놀라게 해드려서 죄송합니다, 춘란님."

그리고 아무도 없다고 생각했던 방에는 이미 한 사람이 숨어 있었다. 춘란이 깜짝 놀라 뒤돌아보자 벽 쪽에 한 노인이 서 있었다.

"피곤하시죠? 거기 있는 소파에서 쉬시기 바랍니다. 지금 차를 내오겠습니다."

"아, 네."

춘란은 비틀거리며 방구석에 있는 장의자에 앉았다. 그것은 윤기 나는 동물의 가죽이 덮여 있어 어쩐지 편안하지 않았다. 이윽고 그 노인이 쟁반 위에 커다란 찻잔을 얹어서 들고 왔다.

"국화로 만든 차입니다."

들여다보자 찻잔 속에는 하얀 국화꽃이 담겨 있었다. 국화차라고 불리는 대단히 고가의 음료였다. 춘란은 어느 축하 자리에서 딱 한 번 마신 적이 있었다.

입을 대자 풍부한 꽃향기가 감돌았고, 춘란은 이날 처음으로 마음이 누그러졌다.

"고마워요. 맛있어요."

"감사합니다."

노인은 단영처럼 오래된 치파오를 입고 빙그레 웃으며 서 있었다. 제법 연배가 있어 보였지만 수염은 없었다. 이 정도 연배의 노인에게 수염이 없으니 어쩐지 기묘한 느낌이 들었다.

"저는 리(李)라고 합니다. 류님께서 돌아오실 때까지 춘란님을 돌봐드리겠습니다."

"자, 잘 부탁드립니다."

"그럼 우선 욕실을 사용하시지요. 도와드리겠습니다."

"네엣!"

춘란은 뛰어 오를 정도로 깜짝 놀랐다. 수염은 없지만 리는 남성이 아닌가?

하지만 노인은 기묘하게 높은 목소리로 속삭이듯 말했다.

"춘란님, 저는 환관입니다. 남성이라고 생각 마시고 모두 제게 맡겨 주십시오."

'환관이라고?!'

환관이라 하면 궁전의 후궁을 모시며 남성기가 절단된 남성을 말한다. 시골에서 자란 춘란은 이야기를 들은 적은 있어도 실제로 환관을 만난 것은 처음이었다. 그러고 보니 그의 턱은 남성치고 갸름했고, 피부는 노파처럼 쭈글쭈글 하게 주름이 져 있었다.

'하지만 환관이 왜 이곳에? 황국이 멸망했을 때 모두 살 해당했다고 들었는데.'

춘란의 나라는 이십 년 전, 황제와 그 어머니가 잇따라 사망하면서 황국이 대혼란에 빠졌었다. 그 뒤 각지에서 반 란과 혁명군의 전란이 일어나, 춘란의 고향도 그 다툼에 휘 말렸던 것이다.

황제의 거주지였던 궁전은 전란 중에 약탈, 방화를 만나 후궁과 환관 대부분이 살해당했다고 들었다.

'그럼 이 사람은 황국에서 살아남은 건가?'

하지만 의문을 입에 올리기 전에 리가 춘란을 장의자에 서 일으켜 옆방으로 데려갔다. 그곳에는 처음 보는 욕조가 놓여 있었다. 기다란 타원형 욕조에는 이미 온수가 가득 차 있었다. 또한 그 욕조는 도자기처럼 하얗고 금색 고양이 같 은 다리가 달려 있었다.

"영국에서 들여온 욕조입니다. 자, 옷을 받아드릴 테니 물속으로 들어가십시오."

아무리 그래도 방금 전에 처음 본 남성의 앞에서 옷을 벗는 일은 도저히 할 수 없었다. 상대가 환관일지라도.

"죄송합니다. 일단 옆방에 가주지 않으시겠어요? 욕조에 들어가면 부르겠습니다."

리라는 환관의 쭈글쭈글한 얼굴에 서서히 미소가 번졌다.

"어머나, 제가 남자 취급을 받다니 난생처음입니다. 좋습니다, 천천히 준비하십시오."

리가 나간 뒤 춘란은 천천히 옷을 벗었다. 수수한 중국옷 아래에서 진줏빛 살갗이 드러났다. 가슴도 풍만했고 희미한 빛깔의 돌기가 부풀어 있었다. 단단하게 땋아 내린 머리카락을 풀자 풍성한 흑발이 등에 닿았다.

머리카락을 간단하게 묶은 뒤, 춘란은 조심조심 온수에 손을 넣었다.

"앗, 뜨거워!"

물은 생각보다 뜨거웠다. 상해의 중국인 마을에 온 뒤로 가끔씩 대야에 온수를 받아 놓고 썼던 춘란에게는 오랜만의 욕조였다. 고향 집은 넓고, 시종도 있었기 때문에 커다란 욕조를 사용할 수 있었지만.

발을 담그자 매끈매끈한 바닥에 닿았다. 아무래도 이것은 도자기로 만들어진 모양이었다. 하지만 춘란은 이렇게 크고 두꺼운 도자기를 지금껏 본 적이 없었다. 바닥에 앉아 다리를 쭉 뻗어도 욕조 끝에 닿지 않았다. 이따금 거리에서 봤던 서양인은 모두 키가 컸으니, 역시 이 정도로 크지 않으면 몸이 들어가지 않을 것이다.

"춘란님, 들어가도 되겠습니까?"

"앗!"

대답을 하기도 전에 환관인 리가 들어왔다. 무언가를 얹은 쟁반을 들고 있었다. 춘란은 저도 모르게 물속에 자신의 몸을 감췄다.

"저는 신경 쓰지 마시고 그저 움직이는 나무 인형이라고 생각하도록 하십시오."

"하지만……."

"어머, 정말 청아하시군요. 그럼 이걸 사용하십시오."

리가 삼베를 내밀었기에, 춘란은 그것으로 몸의 일부를 가릴 수가 있었다.

리는 욕조 가에 무릎을 꿇고 물통 속에서 파란색의 작은 병을 꺼내어 액체를 두 세 방울 욕조에 떨어뜨렸다. 그러자 달콤한 향기가 퍼졌다.

"그건……?"

"꽃에서 추출한 기름을 모은 프랑스 물건입니다. 아마 라벤더였지요."

"라벤더……."

"이 향기를 맡으면 기분이 편안해진다고 합니다. 잠자는 난초만큼은 아니지만 말이죠."

춘란은 깜짝 놀라 노인을 봤다.

"잠자는 난초를 아시나요?!"

하지만 리는 조용히 춘란의 등 뒤로 돌아가 물통에서 머리를 감기기 시작했다.

"가장자리에 머리를 얹고 힘을 빼십시오. 몸이 물에 뜨면서 편해질 겁니다."

아직 리에게 몸을 보이는 것은 부끄러웠지만, 춘란은 그의 말대로 바로 누웠다. 커다란 욕조 안에서 몸이 붕 떴다. 천장에는 주황색 전등에 불이 들어와 있었다. 눈이 부셨기에 춘란은 눈을 감았다.

이국의 꽃향기와 따뜻한 물에 감싸여, 춘란은 현실의 세계에서 날아오를 것만 같았다.

'눈을 뜨면 본래 생활로 돌아가 있는 게 아닐까……? 고향의 커다란 집, 넓은 농지, 소작인들, 아버지도 건강하시고…… 아버지…… 아버지…….'

"아버지, 있잖아요, 오빠가 괴롭혀요."

어느새 꿈을 꾸고 있었다. 집 안의 중정에 놓여 있는 둥근 도자기 의자에 여느 때처럼 아버지인 온수(溫秀)가 앉아 있었다. 자신은 아직 여섯 살 정도였다.

"기다려, 춘란. 아버지께 이르지 마, 이 울보야!"

뒤를 쫓아온 오빠 온전(溫田)도 열 살 정도였다. 춘란은 꿈속에서 옛날로 돌아가 있었다.

"아버지, 아버지……."

아버지는 자신의 가슴으로 뛰어들어 흐느껴 우는 춘란의

등을 다정하게 쓰다듬어 주었다.

"왜 그러니, 춘란?"

"오빠가, 아버지도 엄마도 자기를 더 소중하게 여긴대요. 저는 언젠가 시집을 갈 테니까요."

"온전, 너 그런 말을 했니?"

"그야…… 사실이잖아요? 조만간 춘란은 남의 식구가 될 거예요."

한창 건방질 나이의 온전은 겸연쩍은 표정을 지었다.

"언젠가는 남의 집에 시집을 간다 해도 그 전까지 춘란은 내 딸이야. 어느 한쪽이 더 소중할 수는 없지."

"아버지! 저는 아버지와 결혼하고 싶어요!"

춘란은 길게 수염을 기른 아버지의 얼굴에 뺨을 비볐다.

"하하하, 그럼 언젠가 나 같은 남자를 찾아줘야겠구나. 자, 엄마한테 가서 만두라도 받아오렴."

춘란과 오빠는 어머니에게 달려갔다. 아버지는 그 뒷모습을 다정하게 지켜보고 있었다. 이상하다. 그때 아버지의 얼굴을 분명히 봤는데…….

"……님, 늘 그렇듯 국화차를 내어올까요?"

"아니, 샴페인을 가져오도록 해. 프랑스산으로."

"알겠습니다."

춘란은 물에서 나온 뒤 얇은 옷을 입고 소파에서 기다리고 있었다. 그러다 어느새 잠이 들었던 모양이다. 눈앞에

뭔가 하얀 물체가 서 있었다.

춘란은 그것이 알몸임을 한참 뒤에야 눈치챘다. 그 남자— 류단영이 알몸으로 등을 지고 서 있었다. 리 노인이 그 넓은 등에 얇은 옷을 입혀주었다.

"까아악!"

춘란은 비명을 지르며 소파에서 벌떡 일어났다. 아까까지 어린아이의 세계에 있었는데, 갑자기 남녀의 세계로 던져진 모양이었다.

"이런, 깨어났군."

뒤돌아본 단영의 얼굴은 촉촉했고 머리카락도 젖어 있었다. 춘란과 마찬가지로 그도 온수를 사용한 모양이었다.

그것이 의미하는 바를 알아챈 춘란은 갑자기 모든 것이 두려워졌다.

"죄송합니다……. 저는, 돌아갈게요."

"뭐라고?"

단영은 느닷없이 문으로 향하려는 춘란에게 팔을 뻗어 잡았다.

"어딜 가지?"

"용서해 주세요! 역시 그만둘래요! 난초는 필요 없습니다. 그러니까 돌아가게 해주세요!"

아버지는 춘란이 행복한 결혼을 하기 바랐는데, 아버지를 위해서라고는 하나 순결을 내팽개치다니 실수였다— 마침내 춘란은 그 사실을 깨달았다. 하지만 한쪽의 계약자는 이미 잡은 사냥감을 놓으려 하지 않았다.

"안 돼. 너는 벌써 우리 가게에 왔잖아? 그만두려면 이곳에 오지 말았어야지. 이미 계약은 끝났어."

"싫어요! 아직 아무것도 끝나지 않았어요, 아직……!"

"가게에서 한 번 더 확인했을 터. 정말 괜찮냐고 말이지. 너는 그때도 돌아가지 않았어. 이미 교섭은 종료야. 너는 남자의 몸에 불을 지폈어—"

'응?'

얇은 옷에 감싸인 그의 하반신을 봤다. 그곳은 어쩐지 신비스러운 모양으로 솟아 있었다. 난생처음 보는 남성의 욕망이었다.

"싫어요!"

단영은 본능적인 공포로 도망치려던 춘란을 갑자기 끌어당겨 품에 안았다.

그러자 그녀는 숨을 쉴 수가 없었다. 그에게 안긴 채 입술이 봉쇄되었다.

"으읍……!"

첫 입맞춤이었다. 그것만으로도 충격인데 단영은 그녀의 입술을 가르고 혀를 밀어 넣었다.

끈적끈적한 감촉이 입속을 헤집었다. 입속뿐만 아니라 잇몸과 작은 치아 위, 단영은 춘란의 구강 속을 맛보듯 혀를 움직였다.

"웃, 크으으!"

춘란은 필사적으로 발버둥 쳤다. 하지만 그의 팔이 용처럼 그녀의 몸에 휘감겨 숨도 쉴 수 없었다. 그리고 그의 손이 엉덩이를 움켜쥐었을 때, 마침내 그녀는 참지 못하고 그의 혀를 깨물었다.

"윽……!"

깜짝 놀란 단영이 춘란을 놓아주었다. 아름다운 얼굴이 통증으로 일그러졌다.

"혀에 상처를 내지 마. 음식 맛을 알 수 없게 되니까."

"……악마!"

춘란은 눈물을 글썽이며 그를 노려봤다. 하지만 단영은 그 얼굴을 보고도 기죽기는커녕 엷은 웃음을 지었다.

"나는 계약대로 실행했을 뿐이야. 너는 난초를 원하고 나는 네 몸을 받는 거지."

그리고 춘란의 어깨를 잡은 뒤 얇은 옷을 단숨에 벗겼다.

"싫어어엇!"

상반신이 벗겨진 춘란은 저도 모르게 그 자리에 웅크리고 앉았다. 하지만 풍만한 가슴은 팔만으로 다 가려지지 않았다.

"생각했던 대로 훌륭하군."

단영의 말에 춘란은 치욕을 느꼈다.

"보지 마세요!"

단영은 장식품인 양 동그랗게 웅크린 춘란을 억지로 일으켜 세운 뒤 침대로 데려갔다.

"싫어요— 누구 없어요!"

"누가 도우러 오겠어? 여긴 나의 저택이야."

맞다. 이곳은 그의 진지, 집에서 멀리 떨어진 공동 조계, 자신이 아무리 도움을 요청해도 아무도 와주지 않을 것이다.

'왜 이런 곳에 왔을까……. 아버지는 목숨을 걸고 나를 지켜주셨는데.'

반라로 침대에 던져진 춘란은, 이윽고 몸을 웅크린 채 아이처럼 흐느껴 울었다.

"아버지, 엄마…… 죄송해요……. 춘란을 용서해 주세요……."

"왜 부모님께 용서를 구하지?"

단영의 목소리가 놀랄 만큼 차분해졌기에, 춘란은 무심결에 돌아보았다. 그는 얇은 옷의 허리띠만을 푼 채 앞섶을 벌리고 있었다. 판자 같은 가슴과 다리 사이에 엷은 풀숲이 보였다.

"아버지와 엄마의 가르침을 등지고 순결을 버리려고 했기 때문이에요. 당신을 위해!"

"하지만 너는 아버지를 위해 난초를 원하는 게 아닌가?"

맞다. 난초를 손에 넣을 수만 있다면 병든 아버지를 구할 수 있다고 생각했다.

하지만 그것을 위해 딸이 몸을 바쳤다는 사실을 안다면? 아버지뿐만 아니라 어머니도 화병으로 쓰러질지 모른다.

단영과의 일은 죽을 때까지 숨길 생각이었지만, 만약 추궁 당한다면 끝까지 잡아뗄 수 있을까?

"역시 제게는 무리에요! 아버지의 허락도 없이 안길 수는 없어요."

"그래? 무리인지 어떤지는 해보지 않으면 알 수 없지."

"싫어요!"

단영이 뒤에서 끌어안자 춘란은 비명을 질렀다. 훤히 드러난 가슴을 필사적으로 감췄다. 하지만 단영은 겨드랑이 밑으로 억지로 손바닥을 찔러 넣었다.

"안 돼요! 만지지 마세요!"

단영의 기다란 손가락이 아직 아무에게도 허락하지 않은 새하얀 살갗을 범했다.

"이렇게 풍만한 가슴을 가졌으면서 여전히 처녀로 있을 셈이야? 이제 남자를 알아도 좋을 나이잖아?"

가녀린 몸통에 어울리지 않는 큰 가슴이었다. 햇빛을 본 적 없는 살갗은 모란 꽃잎처럼 하얗고 얇았다.

"부드러워……. 달라붙는 듯한 감촉이야. 남자를 즐겁게 해주는 몸이로군."

"싫어요, 아, 아아으……."

단영은 춘란의 가슴을 희롱하며 목덜미에 혀를 뻗었다. 난생 처음 느끼는 감촉에 춘란은 몸을 떨었다.

"아앗…… 그, 그런……."

"여길 느끼나?"

"아앗!"

뒷목에서 어깨 사이를 간질이자 춘란은 저도 모르게 몸을 뒤틀었다. 그때 틈이 벌어졌고 단영의 손이 풍만한 가슴을 단단히 쥐었다.

"하, 하지 마세요!"

남자의 손가락은 꿈틀꿈틀 움직이며 가슴의 돌기를 정교하게 찾아냈다.

"아, 아아……."

"어때? 여기도 느껴지지? 부풀어 올랐어."

단영은 그곳을 거세게 다루는 것이 아니라, 꽃봉오리를 만지듯 부드럽게 잡았다. 그러자 돌기는 춘란의 의사에 반하여 달콤하게 욱신대며 굳었다.

"싫어요, 싫어……."

사실은 그만두길 바랐다. 손을 뿌리치고 싶은데 몸이 말을 듣지 않았다. 도망치기는커녕 더욱 더 이 달콤한 감촉을 맛보고 싶었다―

"마음이 동한 모양이로군. 손이 내려갔어."

깜짝 놀란 춘란은 자신의 가슴을 봤다. 어느새 팔의 힘이 빠져 유방을 드러내고 있었다. 단영의 마디 굵은 손가락에 잡힌 가슴은 모양이 일그러졌고, 선단은 둥글고 뾰족해졌다.

'이게 내 몸?!'

"싫어요, 그만 용서해 주세요!"

"이렇게 뾰족해졌는데 그만두길 원하나? 이곳은 더욱 원하고 있어."

단영의 손가락이 선단의 올록볼록한 피부를 간질였다. 그것만으로도 춘란의 발끝까지 저릿해졌다.

"아아악!"

"자, 그 몸을 똑똑히 보여줘. 더 해주길 바라지?"

단영은 춘란의 몸통을 돌렸고, 그녀는 똑바로 눕게 되었다. 꽉 찬 유방이 몸통 위에서 흔들렸지만 그녀는 더 이상 가릴 힘도 없었다.

"부탁이에요……. 전등을, 꺼주세요……."

대낮처럼 밝은 전등은 얇은 천을 늘어뜨린 침대 안까지도 환하게 밝혔다. 그것이 부끄러워 참을 수 없었다. 하지만 단영은 아름다운 얼굴을 잔인하게 일그러뜨리며 말했다.

"이렇게 아름다운데 보지 말라고? 바보 같은 소리 마. 네 얼굴도 몸도 모두 보여주도록 해."

춘란은 굴욕에 글썽였다. 기생처럼 음란한 모습을 보여야 하다니……. 하지만 단영의 입술이 가슴에 닿자 모든 사고가 날아가 버렸다.

"아아아!"

단영은 입맞춤과 마찬가지로 춘란의 가슴을 맛보았다. 부드러운 살갗을 핥고 유륜을 둥글게 문지르며 유두를 입에 머금었다. 달콤하게 빨아들이자 쾌락에 찬 목소리를 억누를 수 없었다.

"하아아…… 아, 이, 이건…….."

단영은 음란하게 신음하는 춘란의 몸을 마음껏 탐했다. 만두를 먹듯이 풍만한 가슴을 입에 물고 침으로 적셨다. 아직 처녀인 춘란의 유두는 음란하게 욱신거렸다.

"후후…… 범하기 전에 이걸 보여주지. 이걸 네 안에 넣을 거야."

"히익!"

단영은 춘란의 몸에 걸터앉은 뒤 직접 그곳을 훤히 드러냈다. 물론 춘란은 구렁이의 머리 같은 그곳을 처음 봤다.

"아악!"

춘란은 저도 모르게 두 손으로 눈을 덮었다. 하지만 단영은 자신의 육봉으로 그녀의 유방을 희롱했다.

"뭐, 뭘 하시는 거예요?!"

"생각했던 대로 기분이 좋아. 떡 속에 넣은 것 같아."

남자의 둥근 선단이 밀려들 때마다 유방의 모양이 변했다. 선단에는 세로로 갈라지고 패인 곳이 있었는데, 그곳으로 유두를 문지르자 기묘한 감촉이 덮쳤다.

"아, 아, 너무해요……. 이런…….."

음란한 행위를 강요받고도 쾌락을 느꼈음에 춘란은 절망했다. 자신은 이런 음란한 여자였던가? 결혼은커녕 남성을 좋아한 적도 없는데.

"싫어…… 싫어요…….."

둥그런 선단의 구멍에서 끈적끈적한 액체가 떨어졌다. 그것이 살갗을 데우자 남자의 향기가 퍼졌다. 그 강렬한 향기가 오히려 춘란을 매혹시켰다. 향기로운 내음이 범하는 것처럼—

"자, 어디 네 것도 볼까? 어떤 도구를 갖고 있지?"

단영은 춘란의 허리띠를 풀었고, 마침내 하반신도 노출되었다. 곧게 뻗은 허벅지와 그 끝을 장식한 검은 수풀이 남자의 눈에 드러났다. 단영은 그녀의 다리를 벌리고 그 사이로 몸을 옮겼다.

"뭐하는 거예요!"

"네 도구를 보겠다고 했잖아. 자, 좀 더 허리를 내밀도록 해."

"싫어요— 그만두세요!"

남녀의 잠자리 대화는 어렴풋하게나마 배웠지만, 이런 행위는 듣지 못했다. 어둠 속에서 그저 누워 있으면 좋을 터였는데.

"보지 마세요, 하지 마세요—!"

춘란은 필사적으로 다리를 휘둘렀다. 하지만 단영의 팔은 호랑이의 턱처럼 뒷무릎을 잡고 놓지 않았다. 이윽고 순결한 곳이 열렸다.

"아아……!"

단영은 춘란의 허벅지를 옆구리에 끼우고 손가락을 수풀에 뻗은 뒤 꽃잎을 열었다. 질퍽…… 하고 작은 소리가 나며 처녀의 몸이 훤히 드러났다.

"과연 아름다운 색을 띠고 있어. 아직 꽃잎도 작군. 처음인 것이 분명해."

단영의 품평하는 듯한 말에, 춘란은 분노의 눈물을 흘렸다. 마치 시장에서 파는 말이 된 것 같았다⋯⋯. 남자는 더욱 더 손가락을 밀어 그녀의 내부를 만졌다.

"아읏⋯⋯."

"제법 느꼈는데 아직 그다지 젖지 않았군. 꽃잎도 열리지 않았어."

'열려⋯⋯? 무슨 뜻이지?'

자신의 몸이 꽃처럼 열릴 수 있단 말인가? 그저 이대로 남자의 물건을 받아들이게 되는 것이 아니었나― 하지만 단영은 뒤로 물러나더니 그녀의 주름에 얼굴을 들이댔다.

"뭐, 뭘 하시려는 거죠?!"

"네 꽃을 열 거야. 물을 듬뿍 줘서 말이지⋯⋯."

단영은 엄지를 사용하여 춘란의 몸을 극한까지 연 뒤 긴 혀로 꽃잎을 비볐다.

"아아악!"

한 번도 남에게 닿은 적이 없는 얇은 피부는 매우 민감하고 연약했다. 단영의 혀는 그곳을 정성껏 헤집으며 부드럽게 간질였다. 그것만으로도 춘란의 몸은 격하게 반응했다. 그곳이 저릿해지더니 뜨겁게 젖어들었다. 난생처음 느끼는 감촉이었다.

"으아아…… 그, 그렇게, 하지 마세요……!"

수치심과 혐오감으로 머리가 이상해질 것 같았다. 하지만 작은 골짜기를 점막으로 문지르자 제멋대로 허리가 움직였다.

"싫어요, 아, 아아, 제발, 용서해, 주세요……."

끈적끈적하게 움직이는 혀에 맞춰 춘란의 가냘픈 허리가 넘실거렸다. 두 가슴도 출렁출렁 흔들렸다. 그 유두는 이미 뾰족하게 솟아 있었다.

'이런 건, 싫어……. 너무해…….'

억지로 주어진 쾌락은 범해지는 것 이상의 굴욕이었다. 하지만 단영의 혀는 벽 위를 훑은 뒤, 더욱더 음란한 싹을 찾아내려 했다.

"아…… 뭘 하시려는 건가요……?"

"이곳의 살을 예뻐해 주지. 아직 얼굴을 내밀지 않은 것 같군."

춘란은 그가 무슨 말을 하는지 알 수 없었다. 하지만 남자의 혀가 수풀의 바로 아래에 침입하자 어쩐지 근질근질한 감촉이 솟구쳤다.

"뭐지……? 이, 이런 건, 시, 싫어……."

그곳에서 무언가가 쏟아질 것처럼 달콤한 저릿함이 용솟음쳤다. 단영은 아직 꽃잎 안에 묻힌 작은 싹을 더듬더니 그것을 빨아들였다.

"히익, 안 돼요, 거긴……!"

자극이 강렬했기에 춘란은 필사적으로 허리를 뺐다. 하지만 겨우 쾌락의 핵을 찾아낸 단영은 그녀의 몸을 놓으려 하지 않았다. 허리를 단단히 잡고 씨앗을 혀로 감쌌다.

"아, 그만두세요. 이상해요. 이상해질 거예요……!"

그곳을 빨아들일 때마다 강렬한 쾌락이 등뼈를 관통했다. 너무 강렬해서 괴로울 정도였다. 제멋대로 허벅지가 열리자 안쪽에서 무언가가 쏟아지는 감촉이 느껴졌다.

"꿀이 나오기 시작했어. 느꼈군."

"아, 아니에요, 이건……."

"네 몸을 만져봐."

단영이 손을 당겼고, 춘란은 머뭇머뭇 자신의 꽃잎을 만졌다. 손끝에 끈적끈적한 감촉이 느껴졌다. 자신의 몸이라고는 믿을 수 없을 정도로 축축했다. 그리고 주름 안에 둥글고 작은 싹이 있었다.

'이게…… 뭐지……?'

이런 곳이 이토록 딱딱해지다니 지금껏 체험해 본 적이 없었다. 단영의 말대로, 꽃봉오리였던 몸이 열리며 내부에서 꽃술이 나타난 것 같았다.

"싫어요……. 이런 건, 제 몸이 아니에요!"

"아니, 이게 너야. 음란하게 꿀을 떨어뜨리며 남자를 자극하는 꽃을 가졌지……."

"싫어요! 아, 아……!"

단영은 이제 막 모습을 드러낸 둥근 싹을 부드럽게 간질였다. 그것만으로도 춘란의 입술에서 믿을 수 없는 교성이 튀어나왔다.

"싫어요! 요, 용서해 주세요."

무언가가 샘솟는 몸의 일각이 참을 수 없을 정도로 뜨거워져서 파열될 것 같았다.

"절정이 코앞이지? 쏟아내도 돼."

'쏟아내다니…… 뭐지?'

"남자가 액체를 뿜어내듯 여자는 꿀을 떨어뜨리지. 처녀의 꿀은 극상품이야."

"크윽…… 윽……."

아직 남자를 모르는 몸인데 음란하게 느끼게 되는 것이 춘란에게는 죽고 싶을 만큼 굴욕적이었다. 그런데도 그의 혀 놀림에 녹아들었다. 다리가 부들부들 경련하며 뜨거운 것이 터질 것 같았다.

"싹이 부풀어 올랐어……. 자, 듬뿍 쏟아내도록 해. 너의 꿀을 전부 들이마셔 줄게."

"싫어요, 놔, 놔주세요, 이런 건……!"

난생처음 느끼는 감촉에 춘란은 비명을 질렀다. 자신의 몸을 스스로 제어할 수 없었다. 꽃잎이 제멋대로 열렸다—

"아, 아아, 아아아!"

등뼈를 뒤로 젖히는 것과, 단영이 주름을 빨아들이는 것이 거의 동시였다. 쏟아지는 처녀의 꿀을 남자의 혀가 할짝할짝 핥았다.

"앗…… 히이익……."

마침내 음란한 공격에 굴복하고 말았다. 춘란은 커다란 파도에 휩쓸려 한동안 움직일 수 없었다. 하지만 단영은 공격하는 손을 멈추지 않았다. 흠뻑 적신 뒤, 축축한 주름에 단영의 손가락 하나를 침입시켰다.

"히익!"

신중하고 천천히 진행되기는 했지만, 그럼에도 춘란의 몸에 찢어질 듯한 고통이 느껴졌다.

"아파요……. 제, 제발, 그만두세요……."

"이렇게 젖었는데 아직도 뻑뻑하다니. 하지만 이 정도로 좁은 편이 나을지도 몰라. 단련한다면 제법 명기(名妓)가 되겠지."

"저를…… 기생으로 만들 셈인가요?!"

춘란은 비명을 질렀다. 남자를 기쁘게 해주는 몸으로 만들어 청방의 기생집에 팔아넘길 셈인가……? 하지만 단영은 차가운 미소를 지었다.

"너를 기생집에 팔아넘길 생각은 없어. 너만큼 아름다운데다 처녀라면 좋은 값을 받을 수 있을 테지만 너는 내 거야. 난초가 꽃을 피울 때까지는 말이지."

그렇다. 여기까지 왔으니 어떻게 해서든 난초를 입수해야 한다. 그에게서 도망칠 수 없다면, 적어도 목적만은 이루도록 하자.

"정말로, 정말로 잠자는 난초를 주실 거죠?"

"그래, 나는 장사를 하면서 거짓말을 하지 않아."

"꼭이에요, 꼭, 아, 아아아……!"

안에 들어 있는 손가락이 부드럽게 움직이기 시작했다. 아주 작게, 손끝만을 미세하게 흔들었다. 그것만으로도 춘란의 몸은 크게 젖혀졌다.

"아아, 아, 안 돼요…… 이런 건……!"

그것은 통증뿐만이 아니었다. 처녀의 몸은 처음 맛본 남자의 손가락에 익숙해지고자 그것을 감싸고 품으며 뜨거운 꿀을 엮었다.

"아직 뻑뻑해— 하지만 이 정도면 됐겠지. 이쪽도 인내심의 한계야."

얼굴을 확 들자, 아까 춘란의 가슴을 더럽혔던 그 뱀이 모가지를 쳐들고 있었다. 손가락만으로도 아픈데 저렇게 두꺼운 것이 들어온단 말인가?

"안 돼, 안 돼요. 무리예요— 아, 아웃."

단영은 춘란의 애원에도 개의치 않고 자신의 남근을 부드러운 꽃잎에 밀어 넣었다. 흠뻑 적셨다고는 하나 아직 다 열리지 않은 주름을 벌리자 비명이 나왔다.

"싫어요! 아, 아파요!"

"힘을 빼고 남자를 머금어. 금세 익숙해질 거야—"

"히익, 아악……!"

단영의 팔은 통증에서 벗어나려는 춘란의 몸을 잡고 단숨에 깊숙이 찔러 넣었다. 몸이 둘로 찢어질듯 아팠다.

"앗…… 아아아……."

춘란은 아이처럼 흐느꼈다. 마침내 정조를 빼앗기고 말았다. 이제 되돌릴 수 없었다—

'미안해요, 아버지, 엄마. 춘란을 용서해 주세요.'

슬픔에 잠긴 춘란의 몸을 단영은 더욱 깊이 꿰뚫었다.

"히익!"

"무슨 생각을 하지? 내 얼굴을 똑바로 봐."

단영은 깊숙이 꿰뚫은 채, 촉촉하게 땀이 난 살갗에 혀를 뻗었다. 턱 아래에서 목덜미, 쇄골 아래부터 부풀어 오른 유백색 가슴으로…….

"앗, 이건……."

"쓸데없는 생각 마. 지금은 모두 내 것이야. 이 가슴도, 배도, 음란한 구멍도……."

단영은 둥글게 부푼 유두를 핥으며 약하게 허리를 움직였다. 통증과 쾌락이 동시에 춘란을 덮치자 그녀는 혼란스러웠다.

"으아아, 아아, 안 돼요……."

"안은 느낌이 좋아. 처음인데 이렇게 꽉 물고 있어— 음란한 몸이야."

'이런 건, 거짓말이야……!'

느끼고 싶지 않았다. 남편도 아닌 남성에게 안겨 헐떡이다니, 그런 음란한 여자가 되고 싶지 않았다— 하지만 그가 허리를 밀어 올릴 때마다 자신의 몸이 멋대로 경련했다.

"히, 히익, 아아, 이제, 그만두세요!"

"이제야 느끼는군. 이대로 절정에 다다르게 하고 싶지만 이제 한계야. 일단 내보낼게."

'내보내다니…… 뭘?'

의문을 느낄 새도 없이, 단영은 흔들리는 가슴을 쥐고 입술을 봉쇄했다. 그의 혀는 아까보다 뜨거웠고, 음란하게 입 속을 희롱했다.

"으읏…… 으아아!"

조급하게 찔러 올린 그의 허리가 갑자기 멈추며 춘란의 안에서 뭔가가 터졌다. 꿰뚫린 주름 속이 뜨거워졌다.

"아앗, 뭐, 뭐지?!"

겨우 단영의 품에서 해방된 춘란은 황급히 자신의 수풀에 손가락을 뻗었다. 그곳은 끈적끈적하고 하얀 액체로 뒤덮여 있었다. 난생처음 보는 남자의 증표였다.

"뭐야, 남자가 내뿜는 액체를 모르는 거야? 이게 정자라는 거야. 네 안에 가득 넣어줬어."

"으…… 너무해요……."

난생처음으로 몸속에 뿌려진 남성의 액체는 끈적끈적하게 녹아들며 허벅지를 적셨다. 마침내 모든 것이 오염되고 말았다. 춘란은 그런 절망감에 정신이 아득해졌다.

"오늘 밤에는 이걸로 끝내도록 하지. 처음이니까. 내일부터는 얼른 익숙해지도록 매일 단련시켜 줄게."

"그럴 수가!"

자신의 순결을 빼앗기만 하는 게 아니었나? 이 정도의 고통을 선사하고도 아직 부족하단 말인가?

"무슨 소리야? 난초가 꽃을 피울 때까지 내 것이 되겠다는 약속이었잖아? 세 달이면 충분해. 내가 좋아하는 몸으로 바꿔주지……. 아름답고 음란한 꽃이 될 거야."

"아아……!"

춘란은 침대에 엎드려 울었다. 자신은 어떻게 되는 것일까? 집에 돌아갈 무렵에는 본래의 자기 모습을 잃으려나— 한탄하는 사이에 단영은 어딘가로 사라졌고, 그 대신 환관이 들어왔다.

"춘란님……."

"꺄아악!"

알몸이었던 춘란은 리의 목소리를 듣고 황급히 담요를 몸에 둘렀다. 리는 침대 위를 보지 않도록 고개를 숙이며 얇은 옷을 내려놓았다. 그것은 아까 춘란이 입었던 것이 아니라 세탁한 지 얼마 되지 않은 옷이었다.

"놀라게 해드려 죄송합니다. 시간이 늦었으니 몸을 씻고 쉬십시오."

"내버려 둬요. 혼자 있고 싶어요!"

"춘란님, 기분은 알겠지만 흘린 땀을 그대로 두면 몸이 식습니다. 자, 이쪽으로 오시지요."

몸의 마디마디가 아팠고 머리가 무거워서 참을 수 없었지만, 춘란은 느릿느릿 옷을 걸치고 침대 밖으로 나왔다.

아까 목욕을 했던 방으로 들어가자 놀랍게도 욕조의 물은 새로 바뀌어 있었다. 당연히 남은 물로 땀을 닦을 거라고 생각했었다.

새로운 물에 몸을 담그자 겨우 긴장이 풀렸다. 몸에 달라붙은 남성의 체액을 씻어 냈다.

"윽…… 으으……."

춘란은 쏟아지는 눈물을 온수에 흘려보냈다.

"실컷 우십시오. 후궁이라도 꽃이 떨어진 아가씨는 모두들 운답니다. 설령 상대가 황제 폐하라도 말이죠."

"당신은 궁전에 있었나요?"

춘란의 물음에 리는 쭈글쭈글한 얼굴에 미소를 지었다.

"먼 옛날이야기입니다. 황국은 이미 사라졌습니다. 제가 황도(皇都)에서 가지고 온 건 잠자는 난초 포기뿐……."

갑자기 잠자는 난초의 이름이 나왔기에 춘란은 휙 돌아보았다.

"당신이 잠자는 난초를 갖고 있나요?!"

"아니요. 잠자는 난초는 단영님의 것입니다. 정확하게 말하자면 단영님의 아버님의 것이었지요. 황도가 불에 탔을 때 단영님은 아직 어머님의 뱃속에 계셨으니까요."

황제와 황태후가 잇따라 숨을 거둔 것은 불과 이십여 년 전이다. 그렇다면 단영은 스무 살 정도인가? 그보다는 많게 봤지만, 그러고 보니 피부가 탱글탱글했다. 춘란과 세살 정도밖에 차이가 나지 않았다.

'그렇게 젊은데 여자에 익숙하다니……. 역시 올바른 인간이 아니었어.'

단영의 여자 다루는 솜씨는 어설프지 않았다. 역시 청방의 남자는 기생집에서 여자를 농락하는 기술을 배우는 것일까? 이대로 그의 말에 따라 음란한 여자가 된다면 어떡하면 좋을까?

'아니, 나는 결코 그에게 마음을 빼앗기지 않아. 몸은 반응해도 마음까지 내주는 일은 절대로 없어!'

어차피 약속은 세 달 동안이다. 열심히 일하다 보면 순식간에 지나갈 것이다. 난초를 손에 넣으면 이곳에서의 일은 모두 잊고 꿈이었다고 생각하자.

'결혼은 하지 못할 테지만 가게를 도우며 부모님을 보살펴 드리자. 옷을 만들 수 있다면 먹고 살 수 있을 거야. 나는 그걸로 좋아…….'

욕실에서 나온 뒤, 춘란은 또 다른 방으로 안내받았다. 그곳은 단영의 방보다 좁았지만 역시 서양풍의 가구가 놓여 있었다. 침대도 서양풍이었고 창문에는 꽃이 그려진 천이 걸려 있었다.

"이쪽이 춘란님의 방입니다. 평소에는 이곳에서 생활하시면 됩니다."

"제 방이요……?"

자신의 개인실이 생길 거라고는 생각도 못했다. 고향을 떠난 뒤로는 좁은 상해의 집에서 네 가족이 생활했기 때문에 줄곧 어머니와 같은 방을 썼다.

리가 물러간 뒤 춘란은 익숙지 않은 서양식 침대에 홀로 누웠다. 처음으로 안긴 몸은 아직 열기가 남아 욱신거렸다. 잠을 청하려 하자, 가슴에 뻗었던 단영의 손가락이 안겨준 감촉이 되살아났다.

'싫어!'

춘란은 자신의 몸을 꽉 안았다.

'아버지, 엄마, 저를 지켜주세요. 그에게 지지 않는 강인한 마음을 주세요……!'

좀처럼 잠이 오지 않는다고 생각했는데, 정신을 차리고 보니 아침이었다. 아니, 해가 제법 높게 떠 있었다.

황급히 일어나 옷을 갈아입으려 했지만 가져온 상의(上衣)와 하상(下裳)이 없었다. 서랍에 들어 있는 것은 상하의가 하나로 붙은 치파오, 게다가 전통적인 모습의 넉넉한 치파오가 아니라, 몸에 밀착되는 최신 유행 치파오였다. 천도 얇고 길이도 무릎 바로 아래까지 왔다. 다리를 내놓는 것에 익숙지 않은 춘란은 부끄러워서 참을 수가 없었다. 떨떠름하게 그 치파오로 갈아입고 방 밖으로 나왔다. 단영의 방에 그는 없었고, 환관인 리가 꽃병의 꽃을 갈고 있었다.

"안녕히 주무셨습니까, 춘란님?"

"아, 안녕하세요? 저기…… 그분은?"

"벌써 나가셨습니다."

"그, 그래요······?"

"몸은 괜찮으십니까?"

그 말의 의미를 알아챈 춘란은 뺨을 붉혔다.

"괜찮아요! ······아마."

사실은 몸속에 조금 위화감이 느껴졌지만, 그것을 리에게 전하기는 꺼려졌다.

'이럴 때 엄마를 본다면 불안도 조금은 가실 텐데.'

춘란은 아침 식사로 죽을 먹고 정원으로 내려갔다. 백화주점이라는 이름은, 꽃이 흐드러지게 핀 백화정원이라는 뜻이었다.

"이곳은 이전에 귀족의 별장이었습니다—"

리가 곁에서 설명해 주었다.

"하지만 황도에 있던 주인이 황태후의 분노를 사 처형되었지요. 그 뒤 주인이 바뀌다 최종적으로 여명괴님의 소유물이 되었습니다."

'여명괴······.'

춘란조차 그 이름 정도는 들어봤다. 상해 조계의 뒷골목 사회를 좌지우지하는 청방, 그중에서 가장 힘 있는 두목이 여명괴였다.

"단영 씨는 여 두목의 부하인가요?"

"아니요. 황룡단과 약조를 한 것은 아닙니다. 다만 그분은 여명괴님의 아드님이신 여명덕님과 벗이십니다. 따라서 명괴님도 단영님을 신용하시어 이 가게를 맡기셨지요."

춘란은 정원을 둘러봤다. 모란, 매화, 버드나무, 장
미…… 중국 본토의 식물과, 멀리 유럽 등지에서 건너온 초
목 등이 묘한 균형을 이루며 정원을 형성했다. 그리고 그
식물들은 몇 명의 정원사가 부지런히 돌보고 있었다. 설령
주인의 손이 더럽게 물들었대도 꽃의 아름다움은 변함없었
다……. 복잡한 기분이었다.

"여명괴의 아들과 친구라면 그 사람도 청방이나 마찬가
지잖아요? 지인이 된 것도 마을에서 무뢰한과 같은 짓을
했기 때문이 아닌가요?"

춘란은 일부러 독설을 퍼부었다. 하지만 리의 표정은 여
전히 평온했다.

"그분에 대해 더욱 알고 싶으시겠지만 모든 것을 알고
나면 재미가 없겠지요. 서로를 천천히 알아 가면 좋지 않을
까요?"

"따, 딱히 알고 싶지 않아요!"

두 사람은 저택으로 돌아갔다. 백화주점의 안은 텅 비어
있었다. 의자는 테이블 위에 거꾸로 얹혀 있었고, 바닥은
대걸레로 청소되어 있었다.

기다란 바 카운터도 얼굴이 비칠 정도로 손질되어 있었
다. 본 적이 없는 외국 술병이 벽 쪽에 쭉 늘어서 있었다.
얇은 술잔에 긴 다리를 붙인 듯한 것, 어제 춘란이 받았던
가늘고 긴 것 등, 다양한 모양의 유리잔도 있었다. 어둑어
둑한 가게 안에서도 그것은 수정처럼 빛났다.

'아름다운 가게야⋯⋯.'

구석구석 손길이 미쳐, 지저분한 곳은 어디에도 없었다. 이 가게를 그 남자가 만들었단 말인가? 그 악마 같은—

'나도 참. 어느새 그 사람만 생각하고 있잖아!'

단영의 모습을 뿌리치고자 고개를 저었지만, 의식하면 할수록 그의 감촉이 되살아났다.

'그렇게 비열한 사람은 정말 싫어! 그런, 그런 파렴치한⋯⋯.'

단영의 행위는 춘란의 상상을 넘어서 있었다. 그저 안기는 것만으로도 부끄러운데, 남자를 모르는 몸을 남성의 것으로 더럽히고 망측하게 열어젖혔다.

'그런 농간은 기생집에서 배운 게 틀림없어!'

단영은 춘란을 음란하게 만들겠다고 말했다. 세 달 사이에 자신의 취향으로 바꾸고 말겠다고 했다.

'그런 몸이 될까 보냐! 나는 절대로 무너지지 않아. 그 사람에게 굴하지 않아!'

그때, 정원 쪽에서 소리가 났다. 낮은 엔진 소리가 가까워졌다.

"자동차⋯⋯?"

그 소리는 문 앞에서 정지했고, 누군가가 내리는 기척이 느껴졌다. 리가 조용히 그쪽으로 달려가 문을 열었다.

"여님 아니십니까? 주인님도 잘 다녀오셨습니까?"

춘란은 깜짝 놀랐다. 문 너머에서 나타난 것은 류단영,

그리고 황룡단의 우두머리인 여명괴였다.

여명괴는 검은 코트에 검은 챙이 달린 모자를 쓰고 있었다. 영화 포스터에서 본 미국 배우 같았다. 함께 온 다섯 남자들이 순식간에 테이블과 의자를 세팅하여 명괴와 단영을 앉혔다. 단영이 조용한 목소리로 말했다.

"지금 차를 내오겠습니다."

그 말에 이끌리듯 리가 주방으로 갔고, 춘란은 무심결에 그림자 뒤로 숨었다.

"내일 스톤 씨가 올 거야. 이 층 방을 비워둬."

"알겠습니다."

모자를 벗은 명괴는 머리숱이 적었고, 키도 단영보다 제법 작았다. 하지만 어깨는 소처럼 우람했고, 테이블 위에 얹은 주먹도 컸다.

"일본 영사관의 녀석들은 어때? 움직임이 있나?"

"지난번에 장교들이 방문했습니다. 일행은……."

여명괴와 단영은 소리 죽여 이야기했다. 옆에서 보니, 단영은 명괴의 부하라기보다도 대등하게 조언을 하는 사람으로 보였다. 여명괴는 제법 그에게 의지하고 있음이 틀림없었다.

"네게 이 가게를 맡기길 잘했어. 솔직히 벌이는 시원치 않지만 정보는 돈과 동등한 가치가 있지."

"감사합니다."

"명덕이 너만큼만 야무졌으면 좋으련만."

명괴가 툭 내뱉었다. 명덕이라면, 지금 미국에서 유학 중인 그의 아들을 말하는 건가?

"명덕 씨는 괜찮습니다. 열심히 공부하고 있지 않습니까?"

"글쎄다……."

명괴는 크게 한숨을 쉬었다.

"그 녀석에게 붙여둔 부하의 편지에 의하면 제대로 공부도 하지 않고 노느라 바쁜 모양이더구나. 하여튼, 내가 고생하는 걸 보고도 어쩜 그리 태평할 수 있는 건지."

"……하지만 명덕 씨는 좋은 분이십니다. 저 같은 사람을 벗으로 대해주고 계시죠. 명괴 씨에 버금가는 은혜를 느끼고 있습니다."

"좋은 사람이라. 좋은 사람은 모두 죽었어. 황태후가 살아 계셨을 때는 투옥당했고, 황제와 황태후가 돌아가신 뒤에는 약탈당하고 목이 매달리게 되었지."

여명괴는 음울한 표정을 유지한 채 일어섰고, 주위의 남자들도 일제히 그를 따랐다.

"이 나라는 뒤집어졌어. 본래대로라면 네가 내 밑에서 일한다니 있을 수 없는 일이야. 나는 궁전을 본 적도 없지."

"저도 본 적은 없습니다. 상해의 외부조차 잘 기억나지 않습니다. 부모님의 얼굴과 마찬가지로 말이죠."

춘란은 가슴이 철렁했다. 단영은 부모님의 얼굴을 모른

다? 고아라는 말인가?

명괴를 배웅한 단영의 옆얼굴을 훔쳐봤다. 아름다운 옆얼굴은 단단하게 굳은 채 깊은 생각에 잠겨 있었다.

이 사람은 누굴까?

여명괴 일당이 떠난 뒤, 단영은 빙글 돌아 소리쳤다.

"거기 있지? 나와."

춘란은 저도 모르게 그림자 뒤에서 토끼처럼 뛰어나왔다. 이쪽을 향한 단영은 여느 때와 다름없는 그였다.

"저기, 저는, 엿들을 생각이······."

그는 머뭇거리는 춘란을 순식간에 잡아챘다.

"어제는 제법 지쳐 보이더니만 이제 활발하게 움직일 수 있는 모양이로군. 그렇다면 오늘 밤에도 쓸 만하겠어."

춘란은 낚싯줄에 걸린 잉어처럼 단영의 품속에서 발버둥쳤다.

"이거 놓으세요, 아직, 그······."

"아직 아픈가?"

그는 춘란을 안아 테이블 위에 얹었다. 그리고 그녀의 다리를 벌렸다.

"그만두세요! 뭘 하는 거예요!"

"아무것도 안 해. 한다면 방에서 해야지. 지금은 그저 점검을 할 뿐이야."

길이가 짧은 치파오는 간단히 말려 올라갔다. 허벅지까지 훤히 드러났고 속옷도 벗겨졌다. 부끄러워서 참을 수가 없었다. 어딘가에서 시종이 보고 있을지도 모르는데……. 하지만 단영의 힘은 강했고, 거스를 수가 없었다.

"좀 더 크게 벌려봐. 잘 보이도록 말이야."

그는 손가락을 꽃잎에 대더니 좌우로 열었다. 몸속이 공기에 닿아 선득했다.

"상처는 없는 것 같군. 붓지 않았어. 여긴 아픈가?"

그의 손가락이 작은 꽃잎에 닿았다. 춘란은 몸을 부르르 떨었다.

"아프지는…… 않아요."

"여긴?"

"히익……."

그곳은 어젯밤에 처음으로 개발된, 싹이 묻혀 있는 곳이었다. 단영의 손가락이 그곳을 마사지하듯 움직이자 그 감각이 또 다시 되살아났다.

"아, 아, 아……."

단영의 손가락은 아직 미숙한 꽃잎을 살며시 길들였다. 닿을락 말락하는 감각으로 자극하자 그곳이 저릿하게 젖어들었다.

"어제 그렇게나 꿀을 쏟아냈는데 벌써 젖었군. 아직 부족한가?"

"아, 아니에요, 아!"

단영은 하반신이 훤히 드러난 춘란을 안아 들었다.

"뭘 하시는 거예요!"

"오늘 밤에는 손님이 와서 상대를 해야 돼. 그 전에 도구 점검을 끝내야지."

"싫어요. 그런…… 싫어!"

공허한 저항 끝에 춘란은 단영의 방으로 끌려갔다. 침대는 이미 새로운 이불로 바뀌어 있었다. 그는 그 위에 그녀를 던졌다.

"싫어요, 그만두세요…… 아, 아……."

단영은 저항하는 춘란의 옷을 모두 벗기고 살갗을 희롱했다. 성급하게 범하지는 않았다. 서서히, 그녀의 몸에서 땀이 배어나올 때까지—

"아, 아아…… 이건, 싫어요……."

이윽고 춘란의 꽃은 꿀을 듬뿍 머금은 채 열렸다. 그곳에 기다란 남자의 손가락이 들어오자 저도 모르게 달콤한 소리를 냈다. 단영은 손가락을 들락날락하지 않은 채, 안쪽을 더듬듯이 끈적끈적하게 희롱했다. 그러자 통증뿐만이 아니라 기묘한 감각이 솟구쳤다.

"좋은 감촉이야……. 두 번째인데 제법 길들여졌군. 개발한 보람이 있어……."

'이런 건 싫어……. 어떤 쾌락이 닥쳐도 이 사람에게 굴하지 않아!'

춘란은 안쪽을 희롱당하며 눈을 꼭 감았다. 자신을 범하는 아름다운 남자의 얼굴을 결코 보지 않겠다는 듯이—

단영은 백화주점의 업무 말고도 꽤 바빠서 낮부터 외출하는 경우가 많았다. 다양한 인종의 손님을 모셔와 이 층의 개인실에서 대접하는 경우도 있었다.

하지만 아무리 바빠도 밤에 춘란의 몸을 쉬게 하지는 않았다.

"앗, 아, 아아으읏!"

머리로는 거부했지만, 유방을 부드럽게 애무하며 둥근 돌기를 입술로 빨아들이자 젊은 살갗은 금세 뜨거워졌다. 더욱이 단영의 기교가 일품이었다.

"싫어요…… 이런 모습은, 싫어요……."

"말은 그렇게 해도 너의 이곳은 그렇지 않은 모양이야."

그가 바로 누운 채 허리를 높이 들어 올리자, 이미 축축해진 주름이 맨 위에 자리하는 모습이 되었다. 자신의 무릎이 눈앞에 있었다.

이런 자세로는 음란한 꽃은 물론이거니와 단단하게 닫힌 뒷구멍까지도 훤히 드러날 것이다.

"부탁이에요. 괴, 괴로워요. 당장 그만둬 주세요……."

"그럼 얼른 즐겨볼까?"

단영은 기다란 혀를 뻗어 꽃잎을 애무하려 했다. 그 모습도 모두 보였다.

"히익……."

단영은 고양이처럼 할짝할짝 춘란의 꿀을 핥았다. 그것만으로도 꽃잎은 음란하게 열렸고 혀를 감싸려고 했다. 또

한 단영은 좁은 살 사이에 혀를 밀어 넣었다.

"으아아!"

일렁이는 혀가 부들부들 떨리는 주름을 간질였다. 몸속을 핥는 감촉에 춘란은 넋을 잃었다.

"싫어요……! 이, 이런 건, 이상해질 거예요!"

"이상해지도록 해. 좀 더, 좀 더 음란해져."

단영은 손가락에 하얗고 둥근 무언가를 들고 있었다.

"그건……."

"남양의 진주야. 서양의 여왕은 이것을 녹여서 마셨다지……."

놀랍게도 단영은 그것을 춘란의 꽃잎 깊숙이 넣으려 했다.

"그만둬요! 뭘 하시려는 거죠?!"

한 개뿐만 아니라 두 개, 세 개, 진주가 주름 속으로 침입했다. 그리고 남자의 손가락 하나가 깊숙이 들어갔고, 안에서 작은 낟알을 둥글둥글 굴렸다.

"으아아! 시, 싫어요!"

매끈매끈한 진주알은 아직 부드러운 살을 살며시 자극하며, 느껴본 적 없는 음란함을 초래했다.

"부탁이에요. 진주를 빼주세요……."

"왜지? 네 몸은 이것을 좋아하고 있어. 안에서 끈적끈적하게 진주를 녹여 버릴 것 같아."

'이런 건 싫어!'

혜집을 때마다 기묘한 쾌락이 생겨났다. 싹을 빨아들였을 때와는 달리 근질근질한 쾌락―

'이, 이런 곳도 느끼는 거야? 내 몸은 어떻게 된 거지? 도대체…… 나는 어떻게 되는 거지?!'

단영에게 받은 쾌락이 깊으면 깊을수록 공포는 커졌다. 이런 식으로 안긴다면 세 달 뒤에 난초를 손에 넣었을 때 본래의 생활로 돌아갈 수 있을까?

실컷 느낀 뒤 진주가 빠졌고, 단영은 남근으로 춘란의 몸을 꿰뚫었다.

"아앗……."

아까까지 진주가 벽을 비볐기 때문인지 압박감뿐만 아닌 감촉이 솟구쳤다. 안쪽의 살에서 그를 느끼고 말았다―

단영은 그대로 바로 누웠다. 그의 허리에 춘란이 걸터앉는 모양새가 되었다.

"저, 저기……?"

"그대로 위아래로 움직여."

"네?"

그가 범하는 것만으로도 죽고 싶을 만큼 부끄러운데, 직접 몸을 움직이라니 춘란에게는 참지 못할 굴욕이었다.

"그런 건 못해요……."

"못하겠다면 이대로 멈춰 있을 건가? 여기가 이어져서 뺄 수 없을지도 몰라."

"그, 그럴 수가……."

"얼른 해."

춘란은 할 수 없이 허리를 위아래로 움직이기 시작했다. 처음에는 어색했고, 안에 있던 것이 빠질 듯했지만 시간이 지나자 미끌미끌해졌다.

"이 모습으로도 느끼나? 조임이 좋아졌군."

"아니에요! 아, 아앗……."

단영은 출렁출렁 흔들리는 유방을 밑에서 거칠게 움켜쥐었다. 움직임에 맞추어 유두를 비틀자 꽃잎이 움찔움찔 떨렸다.

"히이익…… 으윽."

"그거야. 남자의 물건을 단단히 머금고 훑는 거지. 그렇게 하면 너도 극락으로 갈 수 있어."

'이런 건 조금도 좋지 않아! 이런, 이런 건…….'

춘란은 음란한 행위에 정신이 아득해지며 그저 허리를 움직였다―

2장
연적

백화주점에 온 지 약 이주일이 지난 어느 날 아침.

춘란은 어떤 결심을 하고 단영의 방을 찾아갔다.

"어쩐 일이야? 아침부터 무슨 용건이지?"

단영은 새하얀 테이블보를 깐 둥근 책상 앞에 앉아 장미 그림이 그려진 커피 잔을 들고 있었다. 커다란 주전자를 든 리가 그녀에게 말을 걸었다.

"앉으십시오. 아침 식사는 무엇으로 준비할까요? 죽이나 빵도 있습니다."

"그럼 죽을 먹을게요."

단영의 정면에 앉자 눈앞에 죽이 든 그릇이 옮겨졌다. 고기덴부(고기를 잘게 찢어 설탕과 간장으로 조리한 음식)를 듬뿍 얹은 죽을 한 입 들자, 춘란의 위가 급격하게 식욕을 회복해 갔다. 죽을 순식간에 먹어치운 춘란이 얼굴을 들자, 단영이 재미있다는 듯한 얼굴로 그녀를 바라보고 있었다.

"제가 이상한가요?"

"그렇게 배가 고팠나? 먹고 싶다면 다른 요리도 만들라고 할게."

"아닙니다. 이거면 충분해요."

"괜찮다면 이것도 먹도록 해."

단영은 자신의 접시를 춘란 쪽으로 밀었다. 그 위에는 본 적도 없는 요리가 담겨 있었다. 달걀을 깨서 그대로 구운 것과, 잘 익은 얇은 돼지고기였다.

"필요 없어요. 그보다 부탁이 있습니다."

"뭐지?"

춘란은 단영에게 가게에서 일하고 싶다고 부탁했다.

"저는 엄마께 백화주점에서 일한다고 말씀드리고 나왔습니다. 형식적으로라도 가게에 나가게 해주세요."

단영은 은 포크를 들고 달걀과 돼지고기를 먹으며 엷게 웃었다.

"유별나군. 너는 나를 상대하기만 하면 되는데."

춘란은 그를 날카롭게 노려보았다. 그것이 가장 싫었다. 그 사람 하나만을 기다리는 생활을 강요받는 것이.

"부탁드립니다. 뭐 어때요. 주문을 받고 음식을 나르는 정도라면 저도 할 수 있어요!"

"기세가 좋군. 하지만 정말로 이 가게에서 시중을 들 수 있을까?"

단영이 손가락으로 책상 쪽을 가리키자 리가 소리 없이 걸어가 무언가를 들고 왔다. 가죽을 씌운 메뉴판이었다.

"이게 우리 가게에서 나오는 음식들이야. 너, 이걸 읽을 수 있겠어?"

"앗······."

춘란은 여성이지만 읽고 쓰기를 배웠다. 따라서 메뉴에 쓰인 야키소바나 물만두 같은 글자는 읽을 수 있었다.

하지만 후반에는 영어 메뉴밖에 없었다. 상해에 살고는 있지만 중국인 거리에 살며 장사 상대도 중국인뿐이었던 춘란은 알파벳조차 잘 몰랐다.

"읽기만 해서는 안 돼. 영국인이나 프랑스인의 주문을 알아들어야 해. 요즘에는 유학 갔다 온 중국인도 굳이 영어를 쓰려고 하지."

"······사흘 동안 익힐게요. 그러니까 가게에 내보내 주세요."

솔직히 자신은 없었다. 하지만 여기서 노력하지 않으면 앞으로 줄곧 새장에 갇힌 새 신세일 것이다.

'갇힌 채로 그저 안길 뿐인 생활은 싫어!'

"마음대로 해. 하지만 한 가지 조건이 있어. 열두 시가 되면 방으로 돌아와서 나를 기다리도록."

"······알겠습니다."

단영은 그 자리를 뜨려는 춘란을 불러 세웠다.

"기다려. 이쪽으로 와."

"앗……!"

그가 춘란의 손을 잡아끌어 무릎 위에 앉혔다. 그리고 손끝으로 턱을 들어 올렸다.

"가게에 내보내는 건 좋지만, 네가 다른 남자의 눈에 들지 않을까 걱정이야. 뭐, 네가 내 것임은 널리 알려졌으니 손을 대는 남자는 없을 테지만."

"네?"

"벌써 잊었나? 이 가게에 온 날 가게에서 넘어졌을 때 너를 안고 옮겨줬잖아? 그걸로 네가 누구의 것인지 모두들 알았을 거야."

"그럴 수가……."

"그렇게 싫어하지 마. 오히려 일하기 쉽겠지. 시시한 남자에게 유혹당하는 일도 없을 거야."

단영은 춘란을 끌어안고 키스했다. 그의 입술은 조금 씁쓸했고, 달걀과 기름 냄새가 났다.

"이걸 먹어봐. 유럽과 미국인의 요리야. 그다지 묘한 건 아니야. 달걀과, 소금 간을 한 돼지고기를 쇠 냄비에서 구운 거지."

그의 무릎 위에 앉은 채 은 포크로 달걀과 고기를 먹었다. 얇은 돼지고기는 조금 독특한 향기가 났다.

"이건 뭐죠? 그냥 돼지고기가 아니에요."

"베이컨이라고 하지. 돼지고기를 염장한 뒤 훈제한 거야. 서양요리는 재료부터가 우리와 달라."

춘란은 당황했다. 오늘 중으로 그 방대한 양을 외워야 한다는 말인가?

"그, 그럼 실례하겠습니다. 이제 공부를 해야겠어요."

단영은 무릎 위에서 내려가려는 그녀의 허리를 꽉 잡아당겼다.

"또 하나의 조건을 내걸지. 한 번이라도 주문을 틀린다면 그 시점에 시중은 끝이야. 너는 방으로 돌아가서 내게 벌을 받게 될 거야."

"벌이요?!"

"혼내주자는 게 아니야. 다만 조금 특별한 일을 해줘야 할 거야."

춘란은 오싹해졌다. 지금도 음란한 짓을 잔뜩 하고 있는데 더 심한 행위가 있단 말인가?

겨우 단영에게 해방되어 자신의 방으로 도망친 춘란은 눈물을 글썽이며 작은 책상 앞에 앉았다. 그 손에는 메뉴판과, 그에게 빌린 영어 사전이 있었다.

'반드시 해내고 말겠어. 나는 안기기만 하는 인형이 아니야—

백화주점의 웨이트리스는 모두 똑같은 치파오를 입었다. 그것도 몸의 선을 드러내는 최신 유행 디자인이었다.

본디 수수한 차림이었던 여자들이 그것을 입자 신비한 조화가 생겨났다. 춘란은 개점 한 시간 전에 조심조심 뒤쪽으로 내려갔다.

주방 옆에 그들의 대기소가 있었다. 요리사는 이미 바빠서 부지런히 일하고 있었지만, 검은 조끼를 입은 웨이터와 웨이트리스는 아직 그다지 모이지 않았다. 춘란은 대기소의 구석에서 와인 상자에 앉아 궐련을 피우고 있는 웨이트리스에게 말을 걸었다.

"저기…… 웨이트리스 장(長)인 초(張) 씨인가요?"

"그런데?"

춘란보다 열 살 정도 연상인 초는 그녀를 곁눈질로 쳐다봤다.

"모레부터 여기서 일하게 되었습니다. 계춘란이라고 합니다. 그래서, 그, 메뉴를 배우고 싶습니다. 아직 영어에 서툴러서 손님의 말씀을 알아들을 수 있을지 불안하거든요."

춘란은 초에게 필사적으로 부탁했다. 앞으로 사흘 안에 메뉴의 영어만이라도 외워야 한다—하지만 초는 꽁초를 바닥에 버린 뒤 높은 힐로 비벼 끄더니 코웃음을 쳤다.

"당신의 애인에게 배우면 되잖아?"

"네?"

"당신, 류단영 씨의 이거잖아? 류 씨에게 배우면 되는 거 아니야? 침대 속에서."

춘란은 말문이 막혔다. 그녀는 자신에게 명백한 적의를

갖고 있었다. 분해서 참을 수 없었지만 그렇다고 해서 물러설 수는 없었다.

"부탁드려요. 사정이 있어서 류 씨께는 부탁드릴 수 없어요. 가르쳐 주세요!"

"거 참 시끄럽네! 당신의 사정 따위 알 바 아니야. 그 얼굴을 보는 것만으로도 짜증이 치민다고. 가게에 나오지 말아줘."

발붙일 데도 없다는 말은 이럴 때 쓰는 말이었다. 춘란은 머뭇머뭇 주변을 둘러봤지만 누구도 그녀와 눈을 맞추려고 하지 않았다. 날카로운 눈의 소녀가 이쪽을 노려보고 있을 뿐이었다.

'어쩌지……? 이 상태로 가게에 나갈 수 있을까?'

그때, 그녀의 어깨를 두드리는 이가 있었다. 돌아보자 유니폼 차림의 여자가 상냥하게 미소 짓고 있었다.

"초 씨, 그렇게까지 말할 건 없잖아? 이 정도면 그녀도 우리의 동료니 조금은 다정하게 대해줘도 되잖아?"

"그럼 당신이 돌봐주도록 해."

"그럼 그렇게 할게. 이쪽으로 와. 읽는 법을 간단히 알려줄 테니까."

"아, 감사합니다! ……괜찮으시겠어요?"

"괜찮아. 저 사람은 금세 히스테리를 부리거든. 오늘과 내일, 업무 전에 가르쳐 주도록 하지 뭐. 나는 임진실(林眞實)이야. 자, 시작할까?"

'아아, 기댈 사람이 있어서 다행이다.'

춘란은 임진실과 함께 메뉴 읽기를 시작했다. 날카로운
눈의 소녀가 그 모습을 물끄러미 관찰하고 있었다.

바다에서 온 묵직한 바람이 강을 따라 불어오는 저녁 무
렵, 백화주점에 불이 켜졌다.

검은 연미복을 갖춰 입은 두 문지기가 높은 문을 열 때마
다 아름답게 치장한 사람들이 가게로 들어왔다.

춘란은 처음 입은 유니폼에 두근대며 손님을 기다렸다.
그녀의 담당은 가게 중앙 근처에 있는 다섯 개의 테이블이
었다.

처음에 안내받은 손님은 중국인 그룹이었기에 주문을 알
아들을 수 있었다. 주문을 주방에 알리고 바 카운터에서 술
을 날랐다. 다음 손님의 주문도 무사히 처리한 춘란은 조금
여유가 생겼다.

'이 정도라면 괜찮을 거야……. 조계이기는 하지만 중국
인 손님이 많구나.'

하지만 세 번째 손님은 유럽인 네 명이었다. 모두 남성이
었고, 한 사람은 하얀 수염을 기른 노인이었다. 메뉴를 건
네자 "Thank you."라고 말한 것 같았다.

'아아, 이 사람은 영어밖에 못하나 봐. 진정해. 주문을
똑바로 들어야 돼.'

춘란은 손님의 말을 한 마디도 놓치지 않겠다며 긴장했

다. 하지만 노인이 술 메뉴를 보며 한 말을 전혀 알아들을 수 없었다.

"Red wine, and……."

"아, 저, 저기……?"

"What? Are you OK?"

춘란은 뻣뻣하게 굳었다. 그의 말은 린에게 배운 소리와는 전혀 달랐기 때문이다. 노인이 두리번두리번 주위를 둘러보며 다른 웨이트리스를 찾고 있었다.

'아아, 어쩌지? 실수하고 말았어! 단영이 알면 무슨 꼴을 당하게 될까?'

"Sorry, she is new face."

갑자기 등 뒤에서 유창한 영어가 들렸다. 춘란을 대신하여 유럽인의 주문을 받은 이는 대기소에서 만났던 날카로운 눈의 소녀였다. 노인은 안심한 듯 줄줄 말했고, 소녀는 그 말을 들은 뒤 춘란의 팔을 잡고 그곳에서 멀어졌다.

"저, 저기……."

"당신은 얇게 썬 햄과 치즈를 주방에 알려. 나는 술을 갖고 올게."

"고마워……!"

춘란은 무심결에 감사를 표했지만, 소녀는 날카로운 눈으로 바라볼 뿐이었다.

손님의 흐름이 일단락되었고, 춘란은 자신을 도와주었던 소녀의 옆으로 다가갔다.

"아까는 고마웠어."

"딱히 당신을 위해서 한 게 아니야."

소녀는 손님에게서 눈을 떼지 않은 채 대답했다.

"저 임이라는 여자는 초의 그림자야. 처음부터 당신을 몰아넣기 위해 접근한 거지. 저 녀석의 영어, 엉터리였지?"

"아, 응."

"시시해. 그걸로 피해를 보는 건 가게잖아. 저 녀석들은 신입의 팁을 가로채가며 무법천지라니까."

춘란은 멍해졌다. 여태껏 그토록 다정했던 임은, 지금 초 곁에서 속닥이고 있었다.

'그랬구나⋯⋯.'

지금까지 가족이나 시종, 소수의 친구와만 교제해 온 춘란이 이렇듯 분명하게 인간의 악의를 본 것은 처음이었다.

"뭐, 여기에 질리면 삼 층에 틀어박히겠지. 당신, 류 씨의 애인이지?"

"애인 같은 게 아니야. 나는— 사정이 있어서 세 달만 그 사람에게 팔렸을 뿐⋯⋯ 연인도 뭣도 아니야."

날카로운 눈의 아가씨는 의아하다는 표정을 지었다.

"하지만 류 씨는 지금까지 그런 여자를 만든 적이 없었어. 기생이나 상가의 부자 부인이 아무리 추파를 보내도 쳐다보지도 않았지."

"왜?"

"알 게 뭐야. 여자에게 너무 차가워서 실은 남자를 좋아하는 게 아닐까 하는 소문이 났을 정도야. 그런데 당신이 불쑥 나타난 거야. 물론 관심 없는 여자 한둘 쯤이야……."

그 때, 아가씨가 말을 끊고 입구 쪽을 봤다. 마침 여닫이 문이 열리며 몇 명의 손님이 들어왔다.

"빨리도 오셨군. 귀도 밝지."

"왜, 왜 그래?"

"그 류 씨에게 빠진 여자가 나타났어. 분명히 당신에 관해서도 들었을 거야."

"뭐!"

춘란은 자신의 눈을 의심했다. 검은 신사복을 입은 남자들을 동반하고 들어온 손님— 그녀는 아마도 자신보다 연하로 보이는 열다섯 살 정도의 미소녀였기 때문이다.

그 소녀는 새털 장식이 달린 진홍색 부채를 들고 천천히 가게 안을 걸어 들어왔다. 붉은 중국옷도, 귀에 장식한 귀걸이도 호화로웠지만, 무엇보다 그녀의 미모가 이목을 끌었다.

둥글고 작은 얼굴은 그녀가 이제 막 어린 티를 벗었음을 드러내고 있었다. 그 나이에 걸맞지 않는 엷은 화장을 하고 있었는데, 커다란 눈동자와 작은 입술에는 기묘하게 어울렸다. 소녀는 양 옆의 머리카락을 뒤로 묶었을 뿐인 풍성한 흑발을 휘날리며 자리에 앉았다.

"어서 오십시오, 취령님. 오늘도 아름다우십니다. 아버님께서는 평안하십니까?"

지배인인 요가 그녀의 테이블로 다가가 예의 바르게 말을 걸었다. 하지만 소녀는 언짢음을 감추지 않은 채 외면했다.

"당신에게 할 말은 없어. 류는 어디 있지?"

"볼일이 있으셔서 다른 손님과 대화중이십니다……. 잠시만 기다려 주시면 자리로 찾아오겠습니다."

"서둘러줘."

춘란은 떨리는 목소리로 옆에 있던 소녀에게 물었다.

"저 사람은 누구야?"

"후취령(候翠鈴), 대지주의 따님이셔. 여숙(女塾)에 다니는 주제에 불량 아가씨라, 밤마다 아버지의 부하와 함께 놀러 다니고 있지."

여숙이라 함은, 최근 중국에 설립된 여성을 위한 학교다. 서양식 제복을 입고 최첨단 지식과 스포츠를 배울 수 있기 때문에, 상해의 서양인이나 돈 많은 중국인의 딸은 모두들 다니고 있었다.

"그런 집안의 아가씨라면 이미 약혼자가 있지 않아?"

"여숙에서 서양풍 교육을 받았기 때문인지 결혼 상대는 스스로 결정하겠다며 말을 듣지 않는데. 그래서 류 씨를 쫓아다니고 있지."

'저 사람이 단영을……'

그 사실을 알고 다시 한 번 취령의 작은 얼굴을 보자 춘란의 심장이 죄어들었다. 아름다우며 교양도 재산도 있는 소녀, 평범한 남자라면 어렵지 않게 함락될 것이다.

"그…… 류 씨는 저 사람을 어떻게 생각해?"

"신경 쓰여?"

"아니. 그냥 물어본 것뿐이야."

"아, 그러서? 류 씨가 취령의 말대로 움직였다면 저렇게 낯빛을 바꾸며 쳐들어오지 않았겠지? 류 씨는 저 사람에게 전혀 휘둘리지 않아."

"어째서……?"

"내가 어떻게 알겠어? 직접 물어보도록 해."

그런 건 못한다고 말하던 춘란은 깜짝 놀랐다. 취령의 곁에 심술궂은 초가 있었다. 그녀는 접시를 나르며 취령에게 무언가를 속삭였다.

'설마…….'

설마가 사람 잡는다고 했던가? 주위를 두리번거리던 취령의 눈이 춘란을 포착하자마자 멈췄다. 그녀는 부채로 입가를 가리며 옆에 있던 남자에게 무언가를 명령했다. 그 남자는 자리에서 일어나 지배인인 요의 곁으로 걸어갔다.

이윽고 요가 춘란에게 다가와 무시무시한 말을 고했다.

"춘란, 미안하지만 저 아가씨의 테이블로 가주지 않겠어?"

가까이에서 본 후취령은, 눈꼬리가 올라간 커다란 눈이

고양이를 연상시켰다.

"당신이 계춘란?"

"네."

춘란은 긴장이 지나쳐 오히려 진정되었다. 자신이 정말로 단영의 연인이라면 더욱 공포를 느꼈을 테지만 그렇지 않았다. 다만 난초에 팔린 여자일 뿐인데—

"용건이라도 있으신가요, 취령님?"

"당신, 류단영의 뭐지?"

어른스러워 보여도 아직 소녀였다. 취령은 솔직하게 추궁했다. 춘란은 그저 성실하게 대답할 뿐이었다.

"저는 어느 사정이 있어서 한동안 단영 씨의 곁에 있을 뿐이에요. 봄이 올 즈음에는 이곳에 없을 겁니다."

춘란은 그걸로 취령의 마음이 풀릴 것이라고 생각했다. 하지만 소녀는 커다란 눈을 점점 더 날카롭게 뜨고 춘란을 노려보았다.

"단영을 상대로라면 하룻밤이라도 좋다는 여자는 널렸어. 하지만 그는 지금까지 누구에게도 손을 대지 않았지. 왜 당신만이 삼 층에 들어갈 수 있었을까?"

"그건……."

그런 건 모른다. 자신은 그저 아버지를 구할 난초를 원하여 이 가게에 왔을 뿐이었다. 설마…….

"설마, 이렇게 될 줄은……."

어리석게도 중얼거리고만 춘란은 깜짝 놀랐다. 취령이

불타는 눈으로 자신을 바라보고 있었다.

"당신, 날 깔보는 거야?!"

취령이 테이블 위에 있던 꽃병을 춘란에게 던졌다. 주석으로 만든 꽃병은 춘란의 배에 명중했고, 꽂혀 있던 매화꽃과 물이 쏟아졌다.

"아니에요. 정말로, 저는 모릅니다⋯⋯."

"시끄러워! 이게⋯⋯!"

취령은 일어서서 오른손을 휘둘렀다. 춘란은 저도 모르게 얼굴을 팔로 막고 눈을 감았다.

'이러다 맞겠어⋯⋯!'

하지만 취령의 손은 아무리 기다려도 춘란에게 닿지 않았다. 대신에 주위가 웅성거렸다. 살며시 눈을 뜨자 바로 옆에 파란 중국옷이 보였다.

"아⋯⋯!"

단영이 취령의 손목을 잡고 있었다.

"취령 씨, 무슨 일이십니까?"

그의 목소리는 지극히 정중했다.

"단영! 어디 갔었어?"

취령은 그런 단영의 목에 매달렸다. 작은 취령이 날아들자 발이 간신히 바닥에 닿을 정도였다.

"자, 앉으시죠. 춘란, 무슨 짓을 했는지 모르겠지만 후 씨께 사과하도록 해."

"아⋯⋯."

"왜 그래? 손님을 화나게 하고 사과 한마디도 못해?"

"……죄송, 합니다."

"됐어. 나도 난폭하게 굴어서 미안해. 옷 갈아입고 와."

깜짝 놀라 자신의 몸을 보니 옷이 물에 젖어 있었다. 춘란은 바닥에 떨어진 꽃을 주운 뒤 재빨리 홀 구석으로 들어갔다.

'어째서…… 왜……?'

춘란은 대기소에서 여벌의 옷으로 갈아입으며 혼란에 빠졌다. 단영의 차가운 태도는 경영자로서 바람직한지도 모른다. 하지만 춘란은 슬펐다. 그리고 그 감정에 스스로 충격을 받았다.

'어째서 이런 기분이 드는 거지? 나는 그 사람의 연인이 아니니 감싸주지 않는 건 당연해. 그 아가씨는 손님인걸.'

홀로 돌아오자, 단영은 취령의 테이블 앞에 앉아 빙긋 웃으며 이야기를 하고 있었다. 취령도 아까와는 달리 기분 좋아 보였다.

"있잖아, 이건 뭐야? 맛있어?"

"곰팡이 치즈입니다. 다소 자극적이지만 익숙해지면 그 맛이 일품이죠. 적포도주를 준비할까요?"

"어머~ 어떻게 할까? 취하면 삼 층에서 묵게 해줄 거야?"

귀엽게 남자에게 애교를 부리는 취령(翠鈴)의 목소리는 이름 그대로 방울을 흔드는 것 같았다. 보지 않고 듣지 않으려고 해도 마음은 흐트러졌다.

'왜지? 나는 그 사람과 관계가 없어. 나는…… 그 사람을…… 사랑하는 게……'

춘란은 바빠진 가게 안에서 한동안 일에 집중했다. 서투른 영어도 동료의 도움으로 극복할 수 있었다.

"나는 보용나(保容那)야."

조금 진정되었을 무렵, 날카로운 눈의 소녀가 이름을 알려주었다.

"오늘은 고마워, 용나. 당신이 없었다면 어떻게 되었을지 모르겠어."

"당신을 위해서가 아니라고 했잖아."

그렇게 말하는 용나였지만, 그녀가 있는 것만으로 춘란이 얼마나 든든했는지 모른다.

"내일도 힘내자, 함께."

"그래. 그나저나 당신 슬슬 가봐야 하는 것 아니야?"

춘란은 깜짝 놀라 가게의 커다란 괘종시계를 바라보았다. 열두 시가 조금 지나 있었다. 가게를 둘러봤지만 단영의 모습은 없었다. 어딘가에서 손님을 상대하고 있을지도 모르지만 얼른 자기 방으로 돌아가는 게 좋을 것이다.

"야단났다. 돌아가야 해! 용나, 내일 보자."

춘란은 황급히 대기소로 돌아가 유니폼을 갈아입고, 홀 옆을 지나 삼 층으로 올라가려 했다. 그 계단을 통하지 않으면 방으로 갈 수 없었다.

춘란은 계단 뒤에서 사람의 그림자를 발견하고 오싹해졌다. 검은 신사복을 입은 중국인이 음울한 표정으로 몇 번이나 위를 올려다보고 있었다.

"저기…… 무슨 일이시죠?"

춘란이 무심결에 말을 걸자 그 남자는 안도하는 표정을 지었다.

"아아, 당신! 류 씨의 연인이시죠?"

춘란은 한 순간 말문이 막혔지만 이 사람에게 복잡한 이야기를 할 수도 없었다.

"네, 뭐……."

"저는 취령 씨의 테이블에 있던 사람입니다. 기억나십니까? 아가씨의 무례를 용서해 주십시오."

그러고 보니 그 아가씨의 부하 중에 이런 사람이 있었던 것도 같았다.

"아니요, 괜찮아요. 그보다 무슨 일이시죠?"

"……실은, 취령 씨가 류 씨의 방에 가신 뒤 돌아오질 않으십니다."

춘란은 갑자기 심장을 옥죄는 느낌이 들었다. 취령은 한 시간 쯤 전부터 모습을 감추고 있었다. 당연히 돌아갔다고 생각했는데…….

"주인님께서는 밤놀이쯤이야 관대하게 생각하신답니다. 하지만 남자와 단둘이 있는 것은 엄하게 금지하고 계시죠. 그런데 아가씨는 화장실에 가는 척을 하시며 류 씨의 방에 가셨습니다. 하지만 저는 삼 층에는 갈 수 없답니다."

취한 손님이나 수상한 자가 위로 올라갈 수 없도록, 일 층과 이 층의 층계참에는 가게 측의 인물이 서 있었다.

"단…… 류 씨께 말씀을 전해달라고 부탁하면 어떨까 요?"

"부탁드렸습니다. 하지만 '잠시 이야기를 나눈 뒤 돌려 보내겠다' 고 말씀하신 뒤로 벌써 한 시간 가까이 지났습니 다. 류 씨는 신뢰합니다만 걱정이 돼서……."

그가 고용주의 딸을 걱정하는 마음은 알 수 있었다. 하지 만 어째서 춘란의 가슴이 답답하고 아픈 걸까?

'왜 이렇게 불안하지? 그 사람이 나 이외의 여성과 밤을 보낸대도 아무런 문제도 없는데……'

하지만 어쩐지 마음의 동요가 멈추지 않았다. 도저히 무 관심할 수가 없었다.

"알겠어요. 제가 상황을 보고 올게요."

"감사합니다! 부디 취령 씨께 얼른 돌아오시라고 전해 주십시오."

자세히 보니 검은 신사복의 남자는 사람 좋은 얼굴이었 다.

'그래. 나는 이 사람을 위해 단영의 모습을 보러 갈 뿐이 야. 나를 위해서가 아니야……'

단영의 방에서 희미한 빛이 새어나왔다. 춘란은 문을 노크하려다 괜스레 손이 멎었다.

춘란의 방은 그의 방의 두 칸 옆이었다. 방끼리는 벽으로 나뉘어 있었지만 발코니는 이어져 있었다. 춘란은 살며시 발코니로 나가 단영의 방을 들여다봤다.

자신이 왜 이런 짓을 하는지 알 수 없었다. 취령을 돌려보낼 뿐이라면 문을 두드려 불러내면 된다. 그런데도 자신은 몰래몰래 훔쳐보려 하고 있었다.

'이것이 질투라는 건가? 나는 취령에게 질투하는 거야?'

인정하고 싶지 않았다. 인정할 수 없었다. 따라서 단영과 그녀의 진짜 모습을 두 눈으로 보고 싶었다. 그리고 그때 생겨난 감정을 담담히 받아들여야 할 것이다.

창문에는 자수가 놓인 얇은 커튼이 드리워져 있을 뿐이었다. 춘란은 몸을 숨기며 안쪽의 모습을 살펴봤다. 단영과 취령은 소파에 앉아 있었다.

지금 두 사람은 그저 나란히 술을 마시고 있는 모양이었다. 하지만 취령은 단영에게 딱 달라붙어 그의 무릎에 손을 얹고 있었다. 그것만으로도 춘란의 마음이 흔들렸다.

"—벌써 열두 시입니다. 돌아가세요, 취령."

"취했어. 자고 가도 돼?"

"여기는 숙박업소가 아닙니다. 원하신다면 해안가에 새로 생긴 호텔을 예약하겠습니다."

"당신도 갈 거야?"

"그럴 수는 없습니다. 당신의 아버님께서 화를 내실 겁니다."

"아빠는 입도 뻥끗 못하게 할 거야. 그 사람은 나를 부자와 결혼시키는 것밖에 생각하지 않아. 생각대로 될 것 같아?"

"마음은 알겠지만 저는 도와드릴 수 없습니다."

"명덕에게 양보하는 거야?"

"……."

"명덕이 내게 빠졌다고 손을 대지 않는 거야? 하지만 내가 좋아하는 건 당신이야!"

"그렇지 않습니다, 취령. 진정하세요……."

"어린애 취급하지 마!"

춘란은 깜짝 놀랐다. 취령이 벌떡 일어나 책상 곁으로 왔기 때문이다. 이쪽으로 등을 돌린 채로 단영 쪽을 보고 있었다.

그리고 놀랄 만한 일이 벌어졌다. 취령이 그 자리에서 옷을 벗기 시작했다. 진홍빛 치파오의 단추를 풀어 그대로 바닥에 떨어뜨렸다. 양말을 신지 않은 그녀는 금세 알몸이 되었다. 가냘픈 몸을 양손으로 가린 취령은 단영에게 접근했다.

"나를 봐."

"취령, 그만둬."

"나는 이제 어린애가 아니야. 다른 아가씨들처럼 부모가 정한 상대와 결혼도 하지 않아. 좋아하는 사람에게 좋아한다고 하는 게 뭐가 나빠?"

"나쁘다고는 하지 않았어. 하지만 사랑한다면 그에 걸맞은 남자를 선택해야 돼."

"당신은 안 되겠어?"

"안 돼."

"집안 때문에? 몰락했다고는 하지만 당신이 귀족 출신이니까……."

"하하하, 이제 와서 그런 걸 신경 쓸 리가 없잖아?"

"그럼 왜? 내가 매력적이지 않아?!"

춘란은 저도 모르게 소리를 낼 뻔했다. 취령이 알몸으로 단영에게 안겼기 때문이다. 작은 유방이 그의 몸에 닿자, 춘란은 호흡 곤란으로 무심결에 입을 막았다.

"……당신을 좋아해."

취령이 작게 말했다. 작은 그녀의 몸은 단영의 품 안에서 한 송이 꽃과 같았다.

"당신과 결혼하지 못해도 좋아. 한 번이라도 좋아. 안아줘. 나를 여자로 대해줘."

춘란은 핏기가 가셨다. 이런 말을 듣는다면 천하의 단영도 흔들리지 않을까? 그가 다른 여자를 안는 장면을 봐야

만 한단 말인가—

하지만 단영은 취령의 가냘픈 어깨를 잡고 떼어냈다.

"옷을 입어. 그리고 그만 집으로 돌아가."

"어째서……."

단영은 중국옷을 집어 올려 소녀의 알몸에 입혔다. 취령의 목소리에는 눈물이 어려 있었다.

"어째서? 내 어디가 싫어? 제발 말해줘!"

마침내 취령은 얼굴을 덮고 울기 시작했다. 단영은 그녀를 살포시 안았다. 하지만 그 표정은 여전히 차가웠다.

"당신이 싫은 게 아니야. 내 탓이야. 나는 여자를 사랑할 수 없는 남자니까."

춘란은 잠시 뒤 복도로 돌아와 단영의 방을 노크했다. 문이 열리자 눈이 부은 취령이 나왔다. 춘란이 계단 아래로 배웅하는 동안 한 마디도 하지 않았다.

취령이 일행인 남자와 돌아가는 모습을 바라본 뒤 춘란은 삼 층으로 돌아갔다. 단영의 방에 들어가자 그는 남은 와인을 마시고 있었다.

"취령 씨는 돌아가셨어요."

"그래?"

"저기…… 저도 그만 쉬겠습니다."

"기다려."

단영은 소파에서 천천히 일어났다.

"약속을 기억하지 못하나?"

"약속이요?"

"어물쩍 넘어갈 수 있을 줄 알았어? 주문받은 영어를 이해하지 못했잖아? 보용나가 도와주지 않았다면 어떻게 되었을지……."

춘란은 얼굴이 파랗게 질렸다. 그는 자신의 모습을 그렇게까지 세밀하게 보고 있었단 말인가?

"게다가……."

손목을 잡힌 채 방 안으로 끌려갔다.

"지금도 엿보고 있었지. 이것도 징벌의 대상이야."

"!"

춘란은 놀란 나머지 아무 말도 할 수 없었다. 단영은 그런 그녀를 소파 쪽으로 데려갔다.

"죄송합니다……. 그, 그럴 생각은, 저기—"

발뺌할 수는 없었다. 엿본 것은 사실이었기에……. 하지만 어떤 벌을 받게 될까?

"죄송합니다……. 용서해 주세요, 이제…… 앗."

그가 갑자기 발을 걸어 춘란은 바닥에 무릎을 꿇었다. 그 앞에서 단영은 옷의 앞섶을 열었다.

"저기……."

"여기서 나의 그곳을 입에 머금도록 해."

한동안 춘란은 단영이 한 말의 의미를 알 수 없었다. 그는 바지를 벗고 하반신을 드러낸 채 소파에 앉았고, 춘란은 겨우 그 의미를 이해했다.

"그, 그런 건……!"

"무리라고 할 건가? 너는 실컷 즐겼으면서 보답은 없는 거야? 게다가 이건 벌이야. 착각하지 마."

눈앞이 어질어질 했다. 단영의 물건은 그의 배 아래에 늘어져 있었다. 처음으로 본 것은 아니지만 이렇게 제대로 마주한 건 처음이었다.

"저는…… 어떻게 하면 좋을지 모르겠어요……."

"이런, 이런. 손이 많이 가는 녀석이로군. 우선은 손가락으로 이것을 잡는 거야. 힘을 주면 안 돼."

아직도 현기증이 났다. 하지만 여기서 도망칠 수는 없었다. 춘란은 각오를 하고 남성의 육봉에 손을 뻗었다.

"윽……."

처음 손에 닿은 남자의 물건은 부드럽지만 기묘한 힘이 있었다. 자신의 유방을 희롱하며 몸을 관통한 것은 이런 것이었나?

"손가락을 앞뒤로 움직이도록 해."

그의 말대로 손을 움직이자, 그곳은 힘을 축적해 갔다.

"앗."

"이것이 남자의 물건이야. 선단이 가장 민감하니 주의하도록 해."

선단의 구멍에서는 벌써 투명한 액체가 나오기 시작했다. 손가락으로 살며시 만지자 끈적끈적하게 얽혔다.

"얼른 해. 우선 혀로 핥는 거야."

춘란은 마음을 다잡고 선단에 혀를 뻗었다. 생각했던 것
보다 냄새는 나지 않았다. 조금 짭짤한 정도였다. 필사적으
로 그것을 핥자 육봉은 점점 고개를 쳐들었다.

"좋아. 이번에는 그것을 입속에 넣는 거야. 이가 닿지 않
도록 해."

되도록 크게 입을 벌리고 그의 물건을 머금었다. 과연 남
자의 향이 났다. 하지만 그것보다도 육봉의 크기에 당황했
다. 이를 대지 말라고 했지만 조금 움직이자 부딪치고 말았
다.

"하으, 음…… 으읏."

"이봐, 대지 말라니까. 입술을 오므리고 감싸는 거
야……. 그래, 그대로 앞뒤로 움직여."

머뭇머뭇 입술로 남근을 문질렀다. 안으로 집어넣자 목
이 답답했다. 침이 늘어졌다.

"다음은 되도록 깊숙이 넣어서 혀를 움직여."

그의 말대로 하자 그곳은 점점 더 단단해졌다. 한껏 위를
향한 남근은 입속에서 맥박 쳤다.

"윽…… 크윽……."

괴로웠다. 남자의 향이 났다. 하지만 그것이 어쩐지 춘란
을 몰아갔다. 강제로 하는 행위인데, 어느새 적극적으로 변
한 듯했다.

"윽…… 하아……."

"어때, 맛있지?"

단영의 맨발이 춘란의 허벅지를 갈랐다. 속옷 위에서 갈라진 부분을 더듬었다.

"으읏."

핥으며 그곳을 희롱 당하자 몸속이 점점 뜨거워졌다. 더할 나위 없이 음란한 행위가 오히려 춘란을 부추겼다.

"아…… 후우, 으음……."

"이대로 입으로 액체를 받아 내겠어? 아니면 이걸로 꿰뚫고 싶은가?"

"그, 그런……."

남자의 액체를 입으로 받아 낸다니 믿을 수 없는 행위였다. 그렇다고 해서 범해주길 바란다는 부끄러운 말은 할 수 없었다. 춘란은 입을 다물고 단영을 올려다볼 뿐이었다.

"후후, 그 눈이 참을 수 없단 말이지. 귀여운 주제에 음란해. 좋아. 그대로 입속에 쏟아내 주지."

"으, 으으윽!"

단영은 저항하는 춘란의 머리를 누르며 앞뒤로 움직였다. 살덩이로 이루어진 포악한 송곳니가 작은 입을 범했다.

"크윽, 괴, 괴로워요……."

"참아. 삼키지 않아도 좋으니 흘리지 마. 입속에 머금도록 해."

마침내 육봉이 잔뜩 부풀어 올랐다. 그리고 입속에 뜨거운 수컷의 액이 방출되었다. 강렬한 향과 맛에 저도 모르게

뱉어낼 뻔했지만 어렵사리 견뎌냈다.

"좋아. 아아, 기분 좋아……. 그래, 이제 됐어. 여기에 뱉도록 해."

춘란은 단영이 내민 행주를 입에 대고 끈적끈적한 액체를 뱉었다. 하얀 액체는 입속에 들러붙어 아무리 닦아도 제거되지 않았다.

"헉, 헉, 으, 으으으!"

단영은 기침하는 춘란의 몸을 책상까지 옮긴 뒤, 손을 짚고 엉덩이를 내밀게 했다. 그리고 옷자락을 단숨에 걷어 올렸다.

"꺄아악!"

"버둥대지 마. 노력했으니 상을 줘야지. 엉덩이를 더 들어."

단영은 얇은 유니폼의 옷자락을 허리까지 끌어올린 뒤 춘란의 엉덩이를 훤히 드러냈다. 새하얗고 부드러운 두 개의 공이 불빛 아래 떠올랐다. 남자의 손이 그 골짜기를 노출시켰다.

"싫어요……. 그만두세요……."

"역시 욕정이 일었군. 벌써 녹아내리기 시작했어."

단영의 말대로 춘란의 주름은 이미 축축해져 있었다. 손가락으로 열고 안쪽까지 드러냈다.

"아름다운 색이야. 살짝 밝고 좋은 향기가 나. 몇 번이고 범했는데도 느슨해지질 않는군."

"히익, 아, 아……."

"어때? 앞에 있는 핵도 좋지만 이쪽에서 머금는 맛도 익힌 것 아니야?"

단영의 손가락이 부드러운 살을 헤집으며 침입했다. 그것만으로도 자신의 안쪽이 수축하여 깊숙한 곳까지 끌어들이는 감촉이 느껴졌다.

"으아아, 아아……."

"아직 이쪽에서 한 적은 없었지. 뒤에서 넣는 것도 좋아. 좀 더 허리를 위로 올려."

엉덩이의 골에 단단한 것이 닿았다. 한 번 방출했으면서 또다시 부활해 있었다. 춘란의 꿀을 바른 뒤 단영은 단숨에 꿰뚫었다.

"으아앗!"

"좋아. 네 구멍이 훤히 보여. 나의 물건을 단단히 머금고 벌름대고 있어……."

"싫어요. 그만……."

난생처음 접한 체위에 춘란은 곤혹스러웠다. 단영의 얼굴을 보지 않은 채 안기는 것이 불안해서 견딜 수 없었다.

'어떤 얼굴로 나를 안고 있을까? 나를…… 제대로 보고 있을까?'

이렇게 그가 욕정에 들끓은 것은 아까 취령의 알몸을 봤기 때문이 아닐까?

사실은 그녀를 안고 싶은 게 아닐까?

무언가 사정이 있어 취령에게 손을 댈 수 없기 때문에 대신 나를…….

"싫어, 싫어요, 그만둬요!"

갑자기 춘란이 발버둥 쳤기에 단영은 깜짝 놀라 몸을 뗐다.

"왜 그래? 어디 아파?"

"싫어요……. 이런 건 싫어요……."

춘란은 웅크린 채 울기 시작했다. 이런 생각을 하다니 바보 같다는 걸 알면서도 눈물이 멈추지 않았다.

'취령 대신에 안기는 건 싫어……. 누군가의 대역은…….'

"왜 그래?"

단영은 춘란의 팔을 잡고 일으켰다. 눈앞에 그의 얼굴이 있었다.

그 눈은 춘란을 똑바로 보고 있었다.

길게 찢어진 깊은 눈동자가.

춘란은 그 눈을 본 순간 이해했다.

자신은 단영을 사랑하고 있었다.

"죄송합니다. 저는, 어쩐지 무서워서…… 이런 건 처음이라."

"그렇다면 그만둘까?"

단영은 희롱하는 듯한 눈초리로 춘란을 내려다보고 있었다. 가슴이 확 달아올랐다.

"아니요……. 계속해 주세요. 부탁드립니다."

"마침내 남자의 맛을 알게 된 것 같군. 그럼 직접 유방을 드러내고 나를 흥분시켜 봐."

춘란은 떨리는 손가락으로 중국옷의 단추를 풀었다. 배 언저리까지 풀자 단영은 옷을 좌우로 벌렸다. 새하얀 가슴이 흘러 넘쳤다.

"뭐야, 벌써 이렇게 유두가 뾰족해졌잖아? 사실은 너도 좋았던 거로군?"

풍만한 가슴의 끝은 단단하게 굳어 있었다. 단영이 가볍게 튕기자 그것만으로도 춘란은 달콤한 비명을 질렀다.

"아아아, 마, 맞아요. 해주세요……. 얼른, 해주세요……!"

"뭘 해주길 바라지?"

"그, 가슴을…… 그리고, 그러니까, 이곳도……."

양쪽 유두와 진주가 저릿저릿했다. 그뿐만이 아니라, 온몸의 피부를 만져주길 바라고 있었다.

'어쩌지? 이렇게 음란한 몸으로 변하다니……. 그에게 사랑받는 것도 아닌데.'

"여기인가? 여기를 이렇게 하는 것에 약하지?"

단영의 손가락이 둥근 돌기를 굴리듯 꼬집었다. 약하게 빙글빙글 돌리자 춘란의 숨결이 달콤해졌다.

"아아아, 그, 그렇게 하시면, 이제, 이곳도……."

"이곳도 벌써 단단해졌지? 자, 좀 더 다리를 벌려."

"하웃, 흐아앗……."

단영의 손가락이 꽃잎에 감싸인 진주를 교묘하게 끄집어 냈다. 그곳을 훑자 춘란은 순식간에 절정으로 달려갔다.

"으아앗, 아아, 안 돼요……!"

"오늘 밤은 꽤 대담하군. 남자의 물건을 핥은 것이 그렇 게나 기분 좋았나?"

"네…… 네, 맞아요. 기분 좋아서, 아, 아아아……."

"그렇게 좋다면 앞으로도 입으로 하게 해주지. 남자의 액체를 삼키는 일도 익히도록 해. 더욱더 음란해져……."

"네, 저를, 음란하게 만들어 주세요……."

'이제 아무래도 좋아. 사랑받지 못한다면 차라리 음란해 져서 그에게 안기고 싶어. 그것만으로도—'

'나는 여자를 사랑할 수 없는 남자니까.'

단영은 분명히 그렇게 말했다. 취령조차 사랑받지 못한 다면 자신은 더욱더 무리일 것이다.

아무리 사랑해도 사랑받지 못한다면.

몸만이라도 이어지고 싶다.

단영은 춘란의 엉덩이를 책상 위에 얹은 뒤 그녀의 다리 를 벌렸다. 뜨겁게 녹아내린 주름은 단단해진 남근을 대기 가 무섭게 부드럽게 삼키고 조였다.

"아아…… 굉장해요. 이, 이렇게 크고, 괴로워요……."

"기분 좋지? 네 꽃이 내 살을 삼켰어……. 똑똑히 맛보도록 해. 남자의 맛을……."

찔러 올릴 때마다 그녀의 내부가 수축하여 그를 끌어들였다. 이것은 단순한 반응일까? 그를 사랑스럽게 생각하는 것도, 그에게 안겼기 때문에 드는 단순한 집착일까?

"좋아. 꿀이 가득 든 항아리야. 아무리 마셔도 마르지 않지— 좀 더 조여. 나의 액체를 흘리지 말고 받아들이는 거야."

단영은 둥그런 엉덩이를 쥐고 깊이, 더 깊이 꿰뚫었다. 춘란도 그의 허리에 다리를 휘감고 직접 끌어당겼다. 그의 목에 팔을 감고 유방을 밀착시켰다.

자신의 가장 깊숙한 곳에서 둥근 선단이 움찔대는 느낌에, 춘란의 몸은 멋대로 달아올랐다.

"아아아! 아, 안 돼요, 절정이 다가와요……!"

춘란의 점막은 육봉을 감싼 채 바들바들 떨며 꿀을 토해냈다. 그것은 남자의 액체와 섞여 그녀의 몸속을 채웠다.

"굉장해요. 이렇게, 뜨겁다니……."

"기분 좋아. 한 번 절정에 다다른 너의 피부는 촉촉해서 달라붙는 느낌이야."

단영은 춘란의 가슴에 얼굴을 묻었다. 땀이 찬 가슴의 골짜기에는 달콤한 향기가 감돌았다. 그는 한동안 잠자코 있었다. 춘란도 그의 어깨를 안고 움직이지 않았다.

'이대로, 줄곧 이렇게 있을 수 있다면 좋을 텐데……. 그

에게 안긴 채, 평생⋯⋯.'

이 감정이 진심인지 아닌지는 스스로도 알 수 없었다. 하지만 그에게 안겨 있으면 기분이 좋았다.

"오늘은 어떻게 된 거야? 엄청나게 적극적이군."

단영이 춘란을 바라봤다. 이렇게 이어진 채 바라보자 모든 것이 드러날 것만 같았다.

"어쩐지⋯⋯ 오늘 밤에는 매우 멋져서⋯⋯ 이렇게 느끼고 말았습니다."

"그래?"

단영은 몸을 떼고 자신의 몸을 행주로 닦았다.

"그렇게 음란해지면 남편 찾기가 어려워질 거야. 어지간히 강한 남자가 아니고서야."

그 말은 아직 황홀한 기분에 빠진 춘란을 나락의 끝으로 떨어뜨렸다.

"⋯⋯저는 누구와도 결혼하지 않아요. 순결을 잃었으니까요."

"그런 것에 집착할 필요는 없어. 지금은 시대가 바뀌었지. 처녀가 아니라도 데려갈 상대는 있어. 너 정도의 미모라면 구혼자도 많겠지."

용모를 칭찬받아도 전혀 기쁘지 않았다. 단영은 역시 나를 사랑하지 않는다. 집착조차 하지 않는다. 기간 한정으로 예뻐할 뿐인 잘린 꽃가지였다.

"⋯⋯이곳을 나간 뒤의 일은 그때 생각하겠습니다."

"그래? 뭐, 아직 시간은 있어. 앞으로 약 두 달을 즐기도록 할까— 우리 둘 다."

몸단장을 끝낸 단영이 방을 나선 뒤, 춘란은 바닥 위에 무너졌다. 울고 싶은데 눈물이 나오지 않았다.

'나는 어쩜 이리 바보지?! 그 사람이 나를 사랑하지 않는다는 건 처음부터 알고 있었는데!'

오늘 확실히 깨달았다. 단영은 누구도 사랑하지 않는다. 그 아름다운 취령조차 그의 마음을 움직이지 못한다.

그렇다면 쓸데없는 노력은 집어치우자. 사람을 사랑하지 않는 남자를 사랑하는 것만큼 허무한 일은 없다. 남은 두 달 동안 몸만 이으면 된다. 그것은 취령에게조차 허용하지 않은 일이니까.

'그 아가씨가 나의 신상을 알면 가엽게 여길까? 아니면 부러워할까?'

춘란은 홀로 무릎을 꿇고 있다가 웃음이 솟아났다. 몸을 둥글게 웅크리고 무릎을 안은 뒤 오열하듯 웃기 시작했다.

다음 날, 아침 식사가 끝났을 무렵에 춘란은 의외의 손님을 맞이했다.

"용나!"

백화주점의 동료 보용나가 그녀의 방을 찾아온 것이다.

"너에게 영어를 가르쳐 달라는 부탁을 받았어."

용나는 낡은 사전과 영어회화 책을 들고 있었다.

"누구에게?"

"지배인인 요 씨. 하지만 네 주인이 부탁한 거 아니야?"

책상과 의자를 옮긴 뒤 두 사람은 영어 공부를 시작했다.

"알겠어? 잘 들어. 와인, 비어……."

"와인, 비어."

"서양요리는 일인분씩 접시에 담아서 내는 거야. 그러니까 누가 뭘 주문했는지를 외워둬야 해."

"……그러고 보니 그러네. 가르쳐 줘서 고마워."

단둘이 이야기를 나누자 두 사람은 점점 마음을 터놓게 되었다. 용나는 춘란보다 한 살 위였다. 그녀의 집은 상해의 교외에서 농사를 짓고 있었는데 유럽, 미국과의 전란으로 고향에서 쫓겨나 비교적 안전한 조계로 도망쳤다. 그런 점도 춘란의 신세와 닮았다.

"그렇구나. 당신도 고생이 많네. 본래는 지주 댁의 아가씨였는데."

"아가씨라고 하지 마. 지금은 그런 게 아무런 도움도 되지 않으니까."

"하지만 당신의 집은 가게를 하니 좋겠다. 우리 집은 옷만 걸치고 도망친 바람에 아버지와 오빠는 인력거를 끌고 있어. 여기서 내가 좋은 급료를 받으니 일가가 먹고 살 수 있는 거지."

"그렇구나……."

아버지로 화제가 미치자 춘란의 표정이 어두워졌다.

"······있잖아, 화내지 말고 들어줘. 한 가지 의아한 점이 있어. 왜 당신 같이 당찬 여자가 류 씨의 애인이 된 거야? 돈이 궁한 것도 아니고, 협박이라도 당한 거야?"

"아니야. 나는 원해서 이곳에 있는 거야."

"그러니까 왜? 말하고 싶지 않다면 하지 않아도 되지만 도무지 신경이 쓰여서 말이지."

춘란은 주저했지만, 이윽고 자신의 사정을 이야기하기 시작했다― 한 가지를 제외하고. 고향을 떠난 뒤 아버지가 밤에 잠 못 들 정도로 괴로워하는 것, 잠자는 난초를 손에 넣기 위해 류단영에게 몸을 맡긴 것.

"당신이란 사람은······ 뭐······."

용나는 한숨 같은 소리를 냈다.

"진절머리 나지? 부모님을 위해 몸을 바치다니, 그것도 난초 때문에."

"아니. 부모형제를 구하기 위해 기생집으로 간 여자도 많은걸. 하지만 그 난초는 그 정도로 고가야······?"

"용나는 잠자는 난초를 본 적이 없어?"

"나는 작년 여름부터 이곳에서 일하고 있어. 잠자는 난초 이야기는 소문으로밖에 듣지 못했어. 하지만 분명히 귀중한 것이겠지. 부자들이 손에 넣으려 해도 류 씨는 절대로 팔지 않으니까."

"뭐? 그래?"

"응······. 이전에는 가게 문을 열기도 전에 영국인이 찾아왔었어. 잠자는 난초를 본국으로 가져가고 싶으니 팔아달라고. 돈이라면 얼마든지 지불하겠다고 했지."

"그럴 수가……."

춘란의 가슴에 까만 구름이 몰려왔다. 단영은 잠자는 난초는 매우 고가이기 때문에 춘란이 지불할 수도 없다고 말했다. 따라서 몸을 허용한 것이었다.

하지만 자신보다 훨씬 부자일 영국인도 뿌리쳤다는 이야기는, 처음부터 누구에게도 난초를 넘길 생각이 없다는 게 아닐까?

"나…… 그 사람에게 속은 걸까?"

"진정해, 춘란."

"하지만 그런 부자도 손에 넣지 못했어. 내가 아무리 몸을 던진대도 한도가 있지. 기생집에서 여자를 얼마에 파는지 알잖아?"

"그렇다고 해서 그런……."

"처음부터 그 사람은 난초를 넘길 생각이 없었던 거야. 나를 희롱하고 세 달 뒤에는 내팽개치려는 걸까? 아니면 기생집에 팔아넘기는 거야?!"

"진정하래도!"

용나는 춘란의 어깨를 잡고 흔들었다.

"류 씨는 당신에게 빠진 게 아닐까?"

"뭐?"

춘란의 눈이 휘둥그레졌다. 단영이 자신을?

"그럴 리가 없어! 왜냐하면…… 왜냐하면…….."

"류 씨가 훨씬 연상이고 못난이라면 그랬을 수도 있어. 하지만 그 사람은 미남에 부자야. 굳이 여자를 속여서 손에 넣을 필요는 없잖아."

"그럼…… 그럼 어째서?!"

"그러니까 당신을 좋아하는 거겠지. 좋아하니까 문외불출(門外不出)의 난초를 주는 게 아닐까?"

춘란은 알 수 없었다. 용나의 말은 앞뒤가 맞았다. 하지만 그것은 자신이 그렇게 생각하고 싶을 뿐인지도 모른다. 어쩌면…… 어쩌면…….

"당신은 어때?"

"응?"

"당신은 류 씨를 어떻게 생각하냐고."

갑작스런 질문에 춘란은 자신의 낯빛을 제어할 수 없었다.

"어머, 새빨갛네. 당신, 역시 류 씨를 좋아하는구나?"

"역시라니 무슨 뜻이야?! 나는 그 사람을 좋아한다고 말한 적 없어."

"말하지 않아도 알아. 최소한 당신은 류 씨가 싫어 죽겠지는 않잖아? 그 얼굴은, 기생집에서 싫어하는 손님에게 안긴 여자의 얼굴이 아니야."

"……그럴 수가."

춘란은 뜨거워진 얼굴을 덮은 뒤 문득 알아챘다.

"당신, 기생집에 아는 사람이 있어?"

지금까지 가볍게 말하던 용나가 한순간 입을 다물었다.

"……언니가 거기서 일하고 있어. 할머니가 편찮으셔서 아버지와 오빠의 벌이로는 어림도 없었거든. 언니는 예뻐서 처음에는 많이 벌었어. 나는 그 돈으로 영어 공부를 할 수 있었지. 하지만……."

길게 찢어진 눈동자에 눈물이 어렸다.

"어느새 언니는 병이 들었어. 만나러 갈 때마다 점점 야위었고…… 지금은 제대로 손님을 받지도 못해. 어떻게 해서든 빚을 갚고 기생집에서 벗어나 입원하지 않으면……."

춘란은 저도 모르게 용나를 끌어안았다. 줄곧 홀로 품고 있던 짐을 그녀에게라면 밝힐 수 있다고 생각했다. 하지만 그 때 누군가 문을 가볍게 두드렸고, 용나는 황급히 눈물을 닦았다.

"네, 누구세요?"

"요다. 열어도 될까?"

방에 들어온 건 지배인인 요였다. 손에는 쟁반을 들었고 그 위에는 두 개의 그릇이 담겨 있었다.

"수고가 많네. 배고프지? 완탕(중국식 만두)을 갖고 왔어."

그릇 안에는 고기를 듬뿍 감싼 완탕이 들어 있었다.

"감사합니다. 아주 맛있어 보여요."

"천만에. 용나, 선생님 역할을 받아들여 줘서 고마워. 큰 도움이 되었어."

"아니요, 괜찮아요. 업무의 일환이니까요."

"평소에 일도 열심히 하지? 영어도 아주 능숙해졌어."

"영어를 잘하면 그만큼 팁이 늘어나니까요."

용나는 갑자기 데면데면해졌다. 그 긴장한 옆얼굴에서 춘란은 어느 사실을 깨달았다.

"있잖아, 용나. 당신, 요 씨를 좋아하는 거 아니야?"

완탕을 먹던 용나는 얼굴을 획 들었다.

"어떻게 알았어?!"

"그야 어쩐지 모습이 이상했는걸."

용나는 젓가락을 내려놓고 한숨을 쉬었다.

"아무에게도 말하지 마. 물론 요 씨에게도."

"왜? 요 씨도 독신이고 좋은 분 같은데."

"……분명히 연인이 있을 거야. 없더라도 나 같은 걸……."

고개를 숙인 용나는 수양버들처럼 나긋나긋했다.

"마음먹고 고백해 보지그래? 요 씨도 당신을 칭찬했잖아."

"싫어! 만약 그런 짓을 했다가 거절당하면 어떡해. 불편해지는 바람에 가게에서 잘리면 곤란하다고."

"요 씨는 그러지 않을 것 같은데."

"당신이야말로 류 씨에게 자신의 마음을 말하면 되잖아!"

춘란은 느닷없이 자신을 향한 창끝에 당황했다.

"무슨 소리야! 류 씨와 나는 그런 관계가……."

"처음에는 교환 조건으로 시작된 관계일지도 몰라. 하지만 당신의 마음은 변했잖아? 그렇다면 그 말을 해야지."

"……하지 않아. 말해도 소용없는걸. 그 사람…… 내게 남편을 찾으라고 했어."

이번에는 춘란이 눈물을 글썽였다.

"그건 당신의 마음을 모르기 때문이야. 류 씨는 당신을 난초로 샀다고 생각하고 있어. 미움받는다고 생각할지도 모르지. 그러니까 당신이 먼저 마음을 전해야 돼."

"무리야……."

"해보지 않으면 모르지."

"그럼 당신이 요 씨께 말한다면 나도 할게."

"너무해! 그건 상관없잖아."

"상관있어. 당신은 스스로도 못할 일을 남에게 시킬 셈이야?"

"정말, 한 마디도 지질 않는다니까."

춘란과 용나는 어느새 웃고 있었다. 설령 아무 해결이 나지 않더라도 자신의 기분을 입 밖에 낸 것만으로 후련했다— 지금은 그것만으로도 좋았다.

두 시 경, 춘란과 용나는 공부를 끝냈다. 일단 집으로 돌아가는 용나를 문 앞에서 배웅하고 자신의 방으로 돌아왔을 때, 리 노인이 복도 너머를 걷고 있었다. 손에는 동으로 만든 물뿌리개를 들고 있었다.

"리 씨."

춘란이 말을 걸자 리는 엷은 어둠 속에서 돌아보았다. 그 표정은 익숙한 춘란조차 오싹할 정도로 무시무시했다. 환관으로서 오랫동안 비사(秘事)를 품은 채 일하다 보면 이렇듯 기묘한 얼굴이 되는 걸까?

"춘란님 아니십니까. 공부는 끝나셨습니까?"

"네, 저기, 단영 씨는요?"

"지금 난초를 손질 중이십니다."

"난초라면……."

"잠자는 난초입니다. 그것은 다른 이에게 맡기지 않으시므로 류님과 제가 돌보고 있지요."

춘란은 주먹을 꽉 쥐었다.

"제게도, 보여주세요."

리는 기묘한 얼굴을 살짝 기울였다.

"괜찮지요? 저는 잠자는 난초를 위해 모든 것을 바쳤어요. 볼 권리가 있지 않나요?"

"……."

"제발요. 보는 것뿐이라면 상관없잖아요? 아니면 제게 보여줄 수 없는 이유가 있나요?"

춘란의 말은 어느새 격해졌다. 아까 용나가 말한 이야기가 불안을 키웠다. 큰 부자인 영국인에게도 넘기지 않았던 난초를 정말로 자신에게 줄까?

"좋습니다. 지금 류님께 여쭤보겠습니다. 여기서 기다려 주십시오."

리는 복도의 왼쪽 끝까지 가서 열쇠 꾸러미를 꺼낸 뒤 문을 열었다. 이 저택에 온 지 한 달여가 지났지만 그곳에 사람이 드나드는 모습은 본 적이 없었다. 역시 잠자는 난초는 제법 엄중히 관리되고 있는 모양이었다.

잠시 뒤 리가 돌아왔다.

"됐습니다. 이쪽으로 오십시오."

"봐도 될까요?"

"네, 하지만 미리 말씀 드리겠습니다. 아직 꽃은 피지 않았기 때문에 평범한 난초랍니다. 눈으로는 다른 난초와의 차이점을 알기 어려우실 겁니다. 그래도 괜찮으시겠습니까?"

"네, 괜찮아요."

"그렇다면……."

리와 함께 그 방으로 들어갔다. 그곳은 낮인데도 어두컴컴했다. 창문에 발이 드리워져 있었기 때문이다.

"난초는 햇빛에 약합니다. 본래는 깊은 숲 속에서 피는 꽃이니까요."

창가에 난초 화분이 쭉 늘어서 있었다. 상부가 벌어진 가늘고 긴 화분에 심은 모습은 낯익은 광경이었다. 아버지의 친구가 난초를 좋아해서, 집에 가면 이런 화분이 즐비했다.

그곳에 단영이 있었다. 그는 물뿌리개로 난초에 물을 주고 있었다. 춘란이 들어가도 쳐다보려 하지 않았다.

"저기……."

어쩔 수 없이 춘란이 먼저 말을 걸었다. 천천히 돌아본 그의 얼굴은 놀랄 만큼 온화했다.

"왜 그러지?"

"저기…… 잠자는 난초를 보고 싶어요."

"보고 싶으면 보도록 해. 하지만 지금은 다른 난초와 다를 바가 없어."

그 말 대로였다. 기다란 잎이 좌우로 펼쳐진 포기는 평범한 난초와 다르지 않았다.

"이게 정말로 잠자는 난초인가요?"

"의심하는 건가?"

단영은 살짝 웃었다.

"아니요. 하지만…… 보는 것만으로는 알 수가 없어서요."

"그렇겠지. 실은 나도 잘 몰라."

"네?"

"가장 정통한 자는 여기 있는 리야. 그는 젊은 시절부터 난초를 돌봤지. 잎을 보는 것만으로 종류를 알 수 있다는 모양이야."

리가 방구석에서 두 화분을 가져와 가운데에 늘어놓았다.

"지금 가져온 난초는 잠자는 난초가 아닙니다. 아시겠습니까?"

리는 그렇게 말했지만 춘란에게는 똑같아 보였다.

"모르겠어요……."

"이쪽은 잎이 조금 넓고, 이쪽은 초록색 잎에 가시가 있습니다. 잠자는 난초는 잎의 색깔이 진한 경향이 있지요."

설명을 듣고 보니 이해는 되었지만 홀로 구별해 보라고 한다면 자신이 없었다. 매끈매끈한 잎은 물을 빨아들여 싱싱하게 자라 있었다.

"정말로 이 난초를 주실 건가요?"

"갑자기 왜 그러지?"

"대답해 주세요. 두 달 뒤에 꽃이 피면 정말로 한 촉을 제게 주실 건가요?"

"분명히 약속했잖아. 나는 거짓말을 하지 않아."

"하지만…… 영국인이 사겠다고 말해도 팔지 않으셨잖아요?"

단영의 손이 멈췄다.

"누구에게 그 말을 들었지?"

"……소문이요. 가게에서 들었어요. 이 이야기는 사실인가요?"

"맞아."

"왜죠? 얼마든지 값을 지불하겠다고 했다면서요?"

"돈을 아무리 짊어지고 와도 이 난초를 외국인에게는 넘기지 않아. 그 녀석들은 난초의 가치를 몰라."

그의 말은 강철처럼 단단하고 강인했다.

"영국인은 황국군과의 전투에서 역대 황제가 대대로 이어온 정원을 불태우고 보물을 빼앗아 싸게 팔아넘겼지. 녀석들에게 힘과 지혜는 있지만 물건의 가치를 알아보는 눈은 없어."

리는 그의 옆에서 난초의 잎을 사랑스럽게 쓰다듬었다.

"비취로 만든 용, 오백 년 전의 꽃병― 모두 황도에 두고 왔습니다. 난초 단 세 촉을 볏짚에 감싸 가져올 수 있었지요. 간신히 반출한 보물도 상해에 오기 전에 사라졌습니다."

춘란은 조용히 난초를 바라봤다. 모든 것을 잃더라도 지켜야 했던 것―

"그런 것을 받아도 되나요? 저는 그저, 아무것도 가진 게 없는 여자인데."

"너는 잠자는 난초를 올바르게 이해하고 있어. 편안한 잠을 불러온다― 그것이 이 난초의 가치야. 제대로 값을 치른다면 나누어주지 못할 이유는 없지."

하지만 춘란은 납득할 수 없었다. 그 정도로 귀중한 것을 여자의 몸과 교환할 수 있단 말인가? 귀족 아가씨도 부자도 아닌, 젊음과 순결 이외에는 아무 것도 없는 자신과.

'아니면― 아니면 그에게 나는 다른 아가씨와 다른 거야? 시골 여자라서 신기한가? 아니면……'

조금이라도 좋아하는 마음이 있는 걸까?

지금까지 그가 보여준 모습에서는 욕망밖에 느껴지지 않았다. 하지만— 용나의 말대로, 그가 자신의 마음을 감추고 있다면? 만약 이쪽에서 마음을 고백한다면—

"저도, 마찬가지에요."

춘란은 그에게 다가가 말했다.

"고향을 떠났을 때 되도록 많은 은화와 보물을 들고 왔지만, 상해에 다다를 즈음에는 거의 남아 있지 않았어요. 집을 빌릴 때는 엄마가 끝까지 지니고 있던 팔찌를 팔았죠. 할머니의 유품이었어요. 상아로 만들었고, 매화꽃이 섬세하게 새겨져 있었죠."

춘란의 눈에 눈물이 고였다. 잃은 것은 많은 방이 딸린 대 저택, 봄에 피는 모란이 가득한 정원, 친절한 시종과 광대한 농지, 그리고—

"이런 말을 하는 건 뻔뻔스러울지도 모르지만, 당신에 대해 좀 더 알고 싶어요. 황도에서 오셨다고 들었는데, 좀 더, 그—"

"알아서 어쩌려고 그래?"

거절당할 줄 알았는데, 그의 목소리는 어쩐지 차갑지 않았다. 아직 이 대화를 이어갈 수 있었다. 춘란은 큰맘 먹고 입술을 열었다.

"이제 곧 당신과의 관계가 끊어진다는 건 알고 있어요. 하지만 그때까지 저는 당신의 여자잖아요? 조금 더, 그, 친해지고 싶어요. 거짓말이라도 좋으니 일시적인—"

"일시적인?"

"그게."

춘란은 말을 끊었다. 연인, 이라고 말하고 싶었다. 하지만 그런 말을 입 밖에 내어도 될까? 만약 이 말을 해서 거절당한다면— 그냥 여자로밖에 보지 않았다면 나는—

'그래도 그에게 안겨야만 해. 난초를 손에 넣기 위해—'

그것은 죽고 싶을 만큼 괴로운 행위였다. 그것을 피하기 위해서는 이대로 관계를 이어가는 편이 나을지도 모른다.

하지만 만약, 아주 조금이라도 자신을 좋아한다면?

취령보다도, 다른 여자보다도 자신을 좋아한다면?

그것을 모른 채 이곳을 떠난다면 평생 알 방도가 없을 것이다.

춘란은 단영을 바라봤다. 그의 길게 찢어진 눈이 자신을 응시하고 있었다. 그 표면에 떠오른 감정을 완전히 읽을 수는 없었다.

어쩌지? 분명하게 물어봐야 할까? 아니면 잠자코 이 관계를 이어가야 할까?

"왜 그러지? 벌써 이야기가 끝났나?"

"아니요, 저기……."

입을 다물고 있던 시간이 영겁처럼 느껴졌다. 심장이 아플 정도로 쿵쾅거렸다. 그리고 마침내 결단을 내리고 입을 열려던 때—

"—이~봐, 단~영—"

계단 아래에서 누군가가 단영의 이름을 불렀다. 그 목소리를 듣자 그의 표정이 확 변했다. 이윽고 그가 물뿌리개를 내려놓은 뒤 방을 나섰고, 춘란은 황급히 그 뒤를 쫓았다.

　"명덕!"

　계단을 내려간 단영이 그렇게 불렀다. 들어본 적 없는 밝은 목소리였다. 그리고 명덕라는 이름은 낯익었다.

　'분명히, 여 두목의 아들…… 취령을 좋아한다는…….'

　단영과 함께 계단을 내려가자, 신사복에 챙이 넓은 모자를 쓴 남자가 서 있었다. 베이지 색 모자를 벗자 밝은 얼굴이 드러났다.

　"명덕, 언제 돌아온 거야!"

　단영의 목소리도 놀랄 만큼 밝았다. 그 나이 또래의 청년으로 돌아온 것 같았다.

　"놀래주려고 비밀로 했지."

　"여전히 바보라니까. 귀국 예정은 올 여름이 아니었던가?"

　두 사람은 얼싸안고 재회를 기뻐했다. 여명덕은 미국에서 유학을 했으니, 이것은 수년 만의 재회일 것이다.

　"여름까지 딸 학점은 전부 획득했어. 게다가 일본의 동향도 신경 쓰였고. 조계에도 제법 늘어났지?"

　"그래, 군인부터 상인까지 많아. 어차피 가까우니까."

　"유럽과 미국의 손에 일본까지 희생시킬 수는 없지. 그래서 일찍 돌아왔어."

명덕은 단영을 머리끝부터 발끝까지 훑어보았다.

"여전히 촌스러운 옷을 입고 있군. 네 몫의 신사복도 만들었으니 갈아입도록 해. 머리카락도 산뜻하게 하고."

여명덕은 단영과 정반대의 남자였다. 몸에 딱 맞는 신사복을 차려입고 머리카락도 짧아 서양인 같았다. 눈은 크고 잘 웃었다. 미남이라고 해도 손색이 없어 보였다.

"나는 이거면 돼. 손님은 중국풍을 원해서 가게를 찾는 거니까."

"네 고집은 알아줘야 한다니까. 이 년 동안 바뀐 게 없는 거야? —어라?"

여명덕은 드디어 계단 위에 있는 춘란의 존재를 알아챘다.

"이거 놀랐군! 네 곁에서 여자를 본 건 이번이 처음이야! 드디어 너도 연인을 만들 마음이 들었군. 어디 사는 아가씨지?"

"아니야. 세 달만 이곳에서 머물 뿐이야. 춘란, 얼른 내려와. 언제까지 명덕 씨를 내려다볼 셈이지?"

단영의 목소리가 확 바뀌어 냉담해졌다. 춘란의 몸에서 힘이 빠졌다.

"죄송합니다— 처음 뵙겠습니다. 계춘란입니다. 지금은 단영 씨 댁에서 신세를 지고 있습니다."

서둘러 명덕에게 다가가 깊게 고개를 숙이자 그는 갑자기 춘란의 손을 잡았다.

"꺅!"

"이런, 실례. 허나 그런 촌스러운 인사는 그만두도록 해. 미국에서는 여성도 남성의 눈을 보고 악수를 하거든."

오른손을 잡힌 춘란은 당황했다. 악수라는 행위는 본 적이 있지만 직접 해본 건 처음이었다.

"레이디를 상대로라면 손등에 키스를 해야 하지만 오늘은 그만두도록 하지. 음, 제법 미인인데? 취령이 없었다면 상해 제일이라고 해도 됐겠어."

취령의 이름이 나오자 춘란의 가슴이 철렁했다.

"실은 여기 오기 전에 취령을 만났어."

"뭐라고?"

"마침 여숙의 하교 시간이었지. 차에 타려는 취령에게 억지로 말을 걸었어. 그러자 세상에, 이 년 전과는 전혀 다르게 내게 흥미가 생긴 모양이야!"

춘란의 심장 박동은 진정되지 않았다. 취령은 어젯밤에 단영의 앞에서 맨살을 훤히 드러냈다. 그런데 오늘은 다른 남자를 받아들이는 것일까?

"그게 정말이야?"

"네가 무슨 말을 하고 싶은지는 알아. 이 년 전에는 나보다 네가 더 좋았다는 모양이야. 미국 유학은 도박이었어. 만약 내가 유학 간 동안에 취령과 네가 연인이 된다면 깔끔하게 물러날 생각이었어. 하지만 봐. 그녀는 내게 무척 듬직해졌다고 말해줬어!"

그렇다면 어젯밤 일로 취령은 단영을 단념한 것일까? 그러던 중 자신을 사랑하는 남자가 나타났다— 그렇다면 그녀에게는 잘된 일인지도 모른다.

"그런 고로, 오늘 밤에 그녀를 식사에 초대했어. 물론 이 가게에서 말이지. 가장 좋은 자리를 잡아두도록 해."

"물론 상관없지만, 아버님은 괜찮으시겠어? 오늘 돌아왔다면 그쪽과 식사를 하는 편이 좋지 않을까?"

아버지라는 말을 듣자마자 명덕의 얼굴이 어둡게 일그러졌다.

"아버지는 신경 쓰지 마. 어차피 나와 밥을 드셔도 맛있지 않을 거야."

"그렇지 않아. 아들이 유학 갔다 돌아왔잖아. 견문 이야기라도 하면 돼. 가게에는 명괴 씨와 오면 되잖아?"

"……알았어. 아무튼 자리는 잡아둬."

"그래, 귀국 축하 자리에 새끼 돼지 통구이를 내도록 하지. 오랜만에 고향의 맛을 즐기도록 해."

"정말이야? 너희 가게 요리는 최고니까 뱃속을 비우고 올게."

명덕이 떠난 뒤 단영은 기묘한 표정을 지었다. 기쁜 듯, 곤란한 듯, 복잡한 눈빛이었다.

"저기……."

"…….."

"저기, 단영 씨, 그분이 여명덕인가요?"

"맞아. 여 두목의 아들이며 나의 벗— 아니, 은인인가?"

"네?"

"아무것도 아니야. 지금부터 시장에 가서 새끼 돼지를 사올게. 너는 개점 전까지 영어 연습을 하고 있어."

"아, 네."

단영이 떠난 뒤에도 춘란은 진정할 수 없었다. 여명덕과 취령— 본래대로라면 자신에게는 아무런 관계도 없는 두 사람인데 신기하게도 마음이 소란스러웠다.

3장
과거와 미래

주방의 오븐에서는 새끼 돼지가 빙글빙글 돌며 바삭하게
익어가고 있었다.

여느 때와 마찬가지로 번성 중인 백화주점에 여명덕이
나타난 것은 열한 시 반 경이었다.

"앗……."

명덕의 옆에 있는 그림자를 보고 춘란은 저도 모르게 입
을 덮었다. 그에게 팔짱을 끼고 있던 이는 취령이었기 때문
이다.

"명덕, 게다가 취령도, 어서 와."

단영은 생글거리며 두 사람을 맞이했지만, 춘란은 아직
냉정을 찾을 수 없었다. 취령은 치파오가 아니라 서양 소녀처럼 옷자락이 넓은 원피스를 입고 있었다. 하얀 천에 작은 장미꽃이 그려져 있었다.

"여어, 단영, 어때? 취령에게는 서양 옷도 잘 어울리지? 조금 전에 백화점에서 기성복을 사줬어. 이렇게 친밀해질 줄 알았으면 미국에서 여성복이라도 사올 걸 그랬어."

"명괴 씨는? 나중에 오시나?"

"아니, 아버지는 오늘 밤에 바쁘시다는 모양이야. 나도 아직 취령을 소개할 생각은 없어. 우선 두 사람이 친해진 뒤에 부모님께 알릴 거야. 앞으로의 남녀는 이래야지."

취령은 뒷굽이 젓가락처럼 얇은 구두를 신고 있었다. 그 때문에 제대로 걸을 수 없는 모양이었다.

두 사람은 준비된 상석으로 안내받았고 프랑스제 샴페인이 운반되었다. 단영도 동석하여 유리잔을 손에 들었다.

"있잖아, 이쪽은 둘인데 단영 씨가 혼자라니 가엽지 않아? 저분도 부르도록 하자."

취령이 갑자기 춘란을 가리켰다. 춘란은 저도 모르게 기둥 뒤로 몸을 숨겼다.

"저 사람은 종업원인지라……."

"어머, 그렇다면 더더욱 손님의 말을 들어야지. 얼른 불러줘."

취령은 어떻게 해서든 춘란을 끌어내고 싶은 모양이었다. 춘란은 단념하고 그들의 테이블로 향했다.

"어서 오십시오. 무슨 일이십니까?"

"당신도 거기 앉아."

"하지만……."

"앉아. 내가 허가하지."

단영도 취령의 의도를 짐작했는지 굳은 표정이었다. 춘란은 머뭇머뭇 그의 옆에 앉았다. 눈앞에 얇고 긴 유리잔이 놓였고 금색 술이 담겼다.

"자, 건배할까? 조국 상해를 위하여!"

"상해를 위하여."

춘란은 유리잔을 들고 처음으로 샴페인을 마셨다. 자잘한 거품이 혀를 찔렀고, 신비한 향기가 비강에 퍼졌다.

"춘란 씨, 지난번에는 미안했어. 말이 심했어."

맞은편에 있는 취령이 살며시 속삭였다. 춘란은 깜짝 놀라 그녀의 얼굴을 봤지만, 그 표정에서는 아무런 악의도 찾을 수 없었다.

"아니요, 신경 쓰지 마십시오. 저는 그저 웨이트리스에 지나지 않으니까요."

"나는 아무것도 몰랐어. 당신이 그토록 고생이 많다는 걸……."

온몸이 긴장으로 뒤덮였다. 취령은 자신에 대해 알고 있단 말인가?!

"무슨 말씀을. 저는 그저 옷가게 집 딸일 뿐입니다."

"숨기지 않아도 돼. 당신, 본래 지주의 딸이지? 이런 곳에서 일할 신분이 아니잖아?"

분했지만 확신했다. 그녀는 춘란에 대해 조사한 것이다. 춘란은 유리잔을 내려놓고 취령을 바라봤다.

"무슨 말씀이신가요?"

"아버님, 많이 힘드시지? 아버님도 어머님도 선조의 묘를 버리고 상해에 왔잖아? 하지만 그 덕분에 당신이 살았으니 감사해야지."

"아버지는, 조부모님을 버린 게 아니에요!"

춘란이 기세 좋게 일어서자 얇은 샴페인 잔이 쓰러졌다. 명덕과 단영조차 말없이 그녀를 바라봤다.

"하지만 실제로는 그렇잖아? 당신의 조부모님과 묘가 어떻게 됐는지 알면서."

"아버지는…… 금방 돌아갈 셈이셨어요. 그렇게 될 줄은…… 상상도 못했다고요."

"어머, 나는 당신의 아버님을 나무란 게 아니야. 오히려 걱정하고 있는걸. 기껏 살았는데 이대로라면 몸이 망가질 거야."

"이봐, 취령, 뭐하는 거야? 그런 음울한 이야기는 나중에 하고 진수성찬을 즐기자고."

명덕은 이 이상한 분위기를 반전시키려 했지만 취령은 따르지 않았다.

"뭐, 나는 춘란을 걱정하고 있어. 목숨만 겨우 살아서 고향을 도망쳤는데 아버님까지 아편 중독으로 돌아가시면 큰일이잖아?"

"아편 중독이라고? 이 아가씨의 아버님이?"

"그래. 아침부터 아편굴에 틀어박혀 있지. 분명히 마음에 책임을 느끼는 걸 거야. 고향 사람들에게 부모를 버렸다는 말을 들었으니……."

이제 한계였다. 춘란은 의자를 쓰러뜨릴 기세로 그 자리에서 일어나 계단 위로 올라갔다. 등 뒤에서는 환호성과 함께 새끼 돼지 통구이가 옮겨지고 있었다.

이럴 때 자기 방이 있어서 다행이라고 생각했다. 문을 닫으면 안에서 무엇을 하든 신경 쓸 필요가 없었다.

침대에 얼굴을 묻었지만 눈물은 나오지 않았다. 다만 가슴이 아팠다. 아버지를 위해 반론하지 못한 것이 분해서 참을 수가 없었다.

약 한 시간이 지났을 무렵, 마침내 단영이 방으로 찾아왔다.

"뭐해? 아직 일은 끝나지 않았어."

"오늘은 쉬게 해주세요. ……더 이상은 무리예요."

"어리광 부리지 마. 취령은 손님이야. 손님에게 무슨 말을 듣든 신경 쓰지 마."

"저에 대해서라면 얼마든지 참을 수 있어요……. 하지만 아버지에 대해 말하는 건……."

"아버지가 아편 중독인 건 사실인가?"

춘란은 대답할 수 없었다.

"왜 말하지 않았지?"

"아버지의 명예가 걸렸으니까요."

춘란은 일어서서 단영을 바라봤다.

"확실히 아버지는 지금 아편의 포로가 되셨어요. 하지만 그건 저희 가족을 지키기 위해서였어요. 아내와 자식을 살리기 위해 잃어버린 것이 너무나도 많아서 마약의 도움을 바란 겁니다……."

"네가 몸을 던져 잠자는 난초를 원한 건 그 때문인가?"

이윽고 춘란의 눈동자에 눈물이 맺혔다. 마음속 깊은 곳이 녹아내렸다—

"맞아요……. 아버지께 편안한 잠을 되찾아드리고 싶어요."

"춘나, 온전, 춘란, 할 이야기가 있다."

어느 날 밤, 아버지인 온수가 심각한 표정으로 가족들을 모았다.

"무슨 일이세요, 여보."

"실은 혁명군이 턱 밑까지 추격해 왔어. 여기저기의 지주가 습격을 당해서 집이 불탄 모양이야."

세 사람의 얼굴이 파래졌다. 황제와 황태후가 죽은 이래로 나라의 정치는 대혼란에 빠졌고 반란이 일어났다. 귀족이나 부자에게 반감을 가진 자들이 궐기하여 여기저기서 약탈을 일으켰다.

"하지만 현(縣)의 관리나 군대도 있잖아요?"

"그런 걸 어떻게 믿겠어? 우선 몸의 안전을 확보해야지. 혁명군이 진압되기 전까지 도망을 가야 해."

하지만 승낙하지 않는 이가 있었다. 온수의 부모, 즉 춘란의 조부모였다.

"토착민의 무리에 겁을 먹고 비굴하게 도망칠까 보냐! 우리 집에는 시종도 있고 주군(州軍)도 있다. 나는 이 집을 떠나지 않겠다."

"더구나 이곳을 떠나 조상님의 묘를 파손한다면 어쩌느냐? 되돌릴 수 없지 않느냐?"

온수는 자신의 부모를 필사적으로 설득했다.

"아버지, 어머니, 다른 지주도 당했습니다. 만약 부모님이나 온전, 춘나, 춘란에게 무슨 일이 생긴다면 그것이야말로 되돌릴 수 없습니다."

하지만 두 노인은 도무지 움직이려 하지 않았다. 온수는 설득을 포기하고 아내와 두 아이를 불러 모았다.

"어쩌시려고요, 여보……."

"어쩔 수 없지. 우리만이라도 도망치자."

"네? 그럴 수가……."

"별 수 없잖아? 혁명군도 노인을 상대로라면 거친 짓은 하지 않겠지……. 온전과 춘란만은 지켜야 해."

"그럴 수가!"

아버지에게 대든 춘란은 당시 아직 열여섯 살이었다.

"할아버님과 할머님을 두고 가자니 안 돼요! 부탁이에
요. 모시고 가주세요!"

"춘란……."

아버지는 눈물을 글썽이며 춘란의 손을 잡았다.

"이해해 주거라. 혁명군이라고는 해도 오합지졸이야. 무
뢰한과 진배없지. 돈을 받고 물러나주면 좋겠지만 네 몸에
무슨 일이라도 생긴다면……."

어머니인 춘나는 딸의 몸을 끌어안고 훌쩍훌쩍 울기 시
작했다.

"여보…… 저희는 당신을 따르겠습니다."

"음, 되도록 많은 은화와 보석을 모아줘. 오늘 밤에 몰래
도망치자."

춘란은 아버지와 어머니, 그리고 오빠와 함께 말을 타고
밤길을 달렸다. 목적지는 커다란 농가였는데, 그곳은 춘나
의 여동생이 시집간 곳이었다.

"너희들은 이곳에서 기다리렴. 나는 집에 돌아가 그곳을
지킬 테니."

그렇게 말하고 자신의 토지로 돌아가려는 온수의 곁에
무시무시한 소식이 전해졌다.

"지금 돌아가면 안 됩니다! 혁명군이 마을을 덮쳤습니
다!"

"뭐라고!"

황급히 돌아가려는 아버지를 어머니와 주위 사람들이 필

사적으로 만류했다. 소수의 인원만으로 폭동의 중심에 들어가는 것은 자살 행위였다.

하루를 기다린 뒤 몇 명의 경호원을 동반한 아버지가 고향으로 돌아갔다. 하지만 기다리고 있던 것은 참혹한 현실이었다. 마을에서 가장 큰 계씨 가문은 혁명군의 첫 번째 사냥감이었다. 집은 붕괴되었고, 다양한 물건을 약탈당했다. 그리고 할아버지는 재산의 소재를 물으려는 혁명군 남자들에 의해 막대기로 타살(打殺)당했다. 그것을 눈앞에서 목격한 할머니는 한탄하던 끝에 우물에 몸을 던졌다. 묘도 파헤쳐져 부장품을 도둑맞았다.

춘란 일행의 곁으로 돌아온 아버지의 얼굴은 하룻밤 만에 핼쑥해져 있었다.

"하지만 아버지는 자해하지 않고 돌아와 주셨어요……. 저희들을 위해."

이모가 사는 곳도 안전하지는 않았다. 또한 자신들의 마을은 혁명군에게 점령당하여 이제 지대(地代)도 취할 수 없었다. 어딘가 안전한 곳을 찾아야 했다.

"상해에 가려고 해. 그곳은 외국인의 이주 구역이라 비교적 안전한 모양이야."

일가족은 마차와 배를 갈아타며 상해에 도착했다. 다행히 상해 조계는 외국인 및 이주민으로 경기가 좋았기 때문에 재봉소를 열어 어떻게든 생활을 꾸릴 수 있었다.

하지만 생활이 안정됨에 따라 아버지의 모습이 이상해졌다.

"이전에는 성실한 분이셨고 시간이 있으면 책을 읽으셨었어요. 하지만 밤에 잠 못 이루게 되셨고 낮 동안에도 멍하셨죠……. 예전에 아버지의 토지에서 일했던 사람들 몇 명이 상해에 찾아왔고, 그 사람들은 아버지께 '부모와 토지를 버린 겁쟁이'라고 했어요. 언제부턴가 아버지는 아편의 도움을 빌리지 않고서는 잠들 수 없게 되셨지요."

"그래서 잠자는 난초를 원했나? 잠들지 못하는 아버지를 위해?"

"맞아요. 아버지는 그 이래로 편안한 잠을 잃어버리셨어요. 그것은 저희들 때문이에요……. 그러니까 이번에는 제가 아버지를 도와드려야 해요."

"난초가 유발하는 것은 그저 수면이야. 너희 아버지의 괴로움을 없애는 것은 아니야."

단영은 춘란의 눈동자를 정면으로 받아들였다.

"알고 있어요. 그래도…… 잠을 되찾는다면 아편 중독에서는 벗어날 수 있을지도 몰라요. 괴롭지만 살아갈 희망을 되찾을 수 있을지도 몰라요. 지금의 아버지는 서서히 죽음으로 향하고 계세요……."

거기까지 말한 춘란은 참지 못하고 단영의 가슴에 날아들었다. 거절당할 줄 알았지만 그의 가슴은 따뜻하게 춘란을 맞아주었다. 그뿐만 아니라 그의 손이 등을 안아주었다.

"저…… 저는, 죄송해요. 아버지의 일을 숨겨서요. 도저히 말할 수 없었어요. 입에 올리는 것도 괴로워서……."

"나는 아무 말도 하지 않았어. 화난 게 아니야."

단영에게 안기자 어쩐지 따스했다. 그러고 보니 욕망 없이 안긴 것은 이번이 처음인지도 모르겠다.

"네 아버지는 겁쟁이가 아니야. 정신없이 필사적으로 발버둥 쳤어. 그렇지 않으면 너는 지금 여기에 없었어……."

"그럴까요……?"

"그래. 아무리 욕을 먹어도 아버지에게는 너희들이 무사한 것이 무엇보다 큰 위안이었을 거야."

단영의 말이 가뭄 뒤의 단비처럼 스며들었다. 그가 이런 다정한 말을 하다니.

'역시 나는 이 사람을 좋아하나?'

아무리 차가워도, 여자를 사랑하지 않는 사람이라도, 춘란은 이 사람을 사랑하고 말았다.

그것은 그에게서 자신과 닮은 점을 느꼈기 때문일지도 모른다.

난초만 갖고 황도에서 도망친…… 단영도 자신과 마찬가지로 모든 것을 버리고 상해에서 살고 있다.

그런 인간은 이곳에 얼마든지 있다. 모두들 태어난 곳에서 도망쳐 이곳에서밖에 살 수 없는 사람뿐이었다. 용나처럼.

그럼에도 춘란은 단영에게 끌렸다.

'어째서 당신은 내게 난초를 주는 거죠?'

그것을 꼭 묻고 싶었다.

하지만 입술에서 말이 나오지 않았다.

낮 동안에는 만용에 가까운 기세가 있었는데 지금은 그에게 부정되는 것이 두려웠다.

마지못해 안겼는데도 이 기분의 변화는 뭘까? 몸을 빼앗겼기 때문에? 끝없는 쾌락을 선사해 줬기 때문에?

자신이 그렇게 음란한 여자임을 안다면 그가 질려 버리는 게 아닐까?

'안 돼, 말 못해!'

"죄송합니다……. 이제, 괜찮아요. 아래층으로 돌아가겠습니다."

춘란은 스스로 몸을 뗐다.

"그래?"

단영은 시원스레 팔을 뗐지만 그 눈은 아직 춘란을 바라보고 있었다.

그의 시선을 받으면 제대로 움직일 수 없었다. 부드러운 비단으로 묶인 듯한 기분이었다.

"역시 너는 그만 쉬도록 해. 그렇게 퉁퉁 부은 눈으로 손님 앞에 나서는 것도 민폐야."

"아니요, 괜찮아요. 최소한 명덕 씨와 취령 씨에게 인사라도."

"그건 이미—"

단영이 말을 이으려 했을 때 계단 아래에서 기묘한 소리가 났다.

평소의 소란스러움과는 달리 공기를 가르는 듯한 비명.

단영이 황급히 방을 뛰쳐나갔고 춘란도 그 뒤를 따랐다.

"아앗!"

홀 안으로 돌아온 춘란은 두 눈을 의심했다. 명덕이 바닥에 누워 머리를 감싸고 있었다. 조금이었지만 출혈도 있어 보였다.

그리고 그 곁에는 덩치 큰 노인이 있었다. 춘란은 그 얼굴을 기억하고 있었다— 황룡단의 보스이자 명덕의 아버지인 여명괴였다.

"너란 놈은……."

명괴는 분노로 얼굴을 붉히며 아들의 몸을 지팡이로 때리고 있었다.

'왜 명덕 씨를 때리는 거지? 미국에서 돌아온 지 얼마 되지도 않은 친아들을?!'

"아버지…… 용서해 주세요, 아버지!"

명덕은 머리를 감싸며 비명을 질렀지만, 아버지는 아들을 용서하려 하지 않았다.

"그만두세요! 누가 좀 도와줘!"

얼굴을 돌리자 취령이 웨이트리스들에게 안겨 울고 있었다. 붉은 구두가 한쪽만 벗겨져 바닥 위에 뒹굴고 있었다.

"명괴 씨, 제발 그를 때리지 마세요. 제 말 좀 들으세요!"

취령은 명덕을 감싸며 계속 소리쳤다. 하지만 그 바람을 듣는 자는 없었다. 청방의 보스가 하는 일을 거스를 자는 없었다.

그리고 마침내 그의 지팡이가 정수리를 가격하자 명덕은 바닥에 나자빠졌다. 아버지는 축 처진 아들의 몸뚱이를 더욱 더 때리고자 지팡이를 머리 위로 치켜들었다.

"까— 악!"

이윽고 정신을 잃은 취령의 무릎이 무너져 내렸다. 하지만 그 지팡이는 명덕을 때리지 않았다. 그와 그의 아버지 사이에 단영의 팔이 끼어들었기 때문이다.

탁 하고 뼈를 치는 소리가 났다.

"물러서지 못하겠느냐! 단영!"

"진정하십시오. 이 이상 때린다면 그의 몸이 위험합니다."

"물러서라고 했다!"

명괴는 단영을 가차 없이 후려쳤지만, 그는 명괴의 곁을 떠나려 하지 않았다. 기다란 머리카락이 흐트러졌고, 이마가 깨지며 피가 배어나왔다.

헉헉 대던 명괴는 마침내 지팡이를 던지고 의자에 앉았다.

"한심하군……. 이런 게 내 아들이라니……."

"지금 마실 것을 내어 오라고 하겠습니다. 와인 괜찮으시겠습니까?"

"필요 없다. 이 녀석의 얼굴 따위 보고 싶지도 않아."

"명덕 씨는 위에서 치료하도록 하겠습니다. 편히 쉬다 가십시오. 이제 폐점 시간이니까요."

춘란이 가게를 둘러보자, 몇 명인가 남아 있던 손님도 이 소란으로 잇따라 나가는 참이었다. 지배인인 요가 한 사람 한 사람에게 깊게 머리를 숙이고 있었다.

머리를 다친 명덕은 위층에 있는 방으로 옮겨졌고, 기절한 취령도 집으로 보냈다. 춘란은 명괴의 앞에 와인과 유리잔을 갖고 갔다.

"그 녀석은 네게 뭐라고 했지? 귀국이 빨라진 이유에 대해서 말이야."

"이미 대학의 학점을 채웠다고 말했습니다."

"거짓말이야. 그 녀석은 거기서 노는 데 정신이 팔려 제대로 학교에 가지도 않았어. 학교에서 편지로 그 사실을 알렸고 내가 불러들였지. 그런데 녀석은 나를 피하며 여자와 놀아났어."

춘란은 깜짝 놀랐다. 그럼 명덕은 귀국한 뒤 한 번도 아버지를 찾아가지 않았다는 건가? 그렇다면 그의 분노도 이해가 되었다.

"그러셨군요……."

단영도 음울한 표정을 짓지 않을 수 없었다.

"그 녀석은 예전부터 그랬어. 싫어하는 일은 금세 내팽개치고 네게 맡겼지. 미국까지 가면 조금은 제 힘으로 노력할 것을 기대했건만 돈만 쓰고 왔을 뿐이야. 나는 이제 지긋지긋해."

"하지만……."

"게다가 녀석은 돌아오자마자 후씨 가문의 딸을 유혹했어! 그 걸레 같은 년도 나쁘지만, 여염집 딸내미에게 손을 대다니! 그 아비가 알게 되면 내 장사에 걸림돌이 될 게야."

"……."

"그 딸내미는 처음에 너를 쫓아다녔지. 하지만 너는 자제하며 손을 대지 않았어. 그래야 청방의 남자지. 욕망에 져서 여자에게 목을 매는 건 진짜 남자가 아니야."

곁에 있던 춘란은 가슴이 에이는 기분이었다. 그렇다면 역시 단영은 취령을 좋아한 건가? 그녀가 여염집 아가씨이기에 참았을 뿐인가?

"취령 씨의 일은 넘어가시죠. 명덕 씨는 어떻게 할까요?"

"오늘 밤에는 이곳에 묵게 해줘. 지금 그 얼굴을 봤다가는 냉정할 수 없을 것 같아. 내일 사람을 보내겠네. 그 때까지 그놈을 놓치지 말도록."

"알겠습니다."

명괴는 천천히 일어나 현관으로 향했다.

"그러고 보니 이제 곧 잠자는 난초의 계절이군. 올해의 난초는 어떤가?"

"네, 잎도 무성하니 올해도 좋은 꽃을 피울 것 같습니다."

"그럼 올해도 난초의 연회를 열겠구먼……. 솔직히 나는 잘 모르겠어. 난초의 도움을 빌려서까지 잠을 자고 싶다니. 도무지 불길하단 말이지."

"명괴 씨는 아직 젊으시니까요. 좀 더 연세를 드시면 잠이 깊이 들지 않는다고 합니다."

"이런, 이런. 그렇게까지 늙으면 나도 난초를 시험해 보도록 할까? 나는 아직 술과 여자가 좋군. 여자 하니 생각났네만, 명덕의 일이 일단락되면 네게도 신붓감을 찾아줘야지. 이제 이곳에 여주인이 있어도 좋을 테니 말이야."

"……차츰 생각해 보겠습니다."

"역시 청방의 딸이 좋을까? 되도록 거물의 딸 말이야. 후에 힘이 되어줄 거야. 너는 남자다우니 신붓감을 찾는다고 하면 아가씨들이 줄을 설 게야……."

명괴가 떠난 뒤에도 춘란은 멍하니 있었다.

"왜 그러고 있어? 유리잔을 정리하면 위층에 가서 명덕의 상태를 살펴보고 와."

"아, 네."

춘란은 아무렇지도 않은 척했지만 죽고 싶을 만큼 동요하고 있었다. 취령을 좋아할지도 모르는 단영, 장래에는 청방의 딸과 결혼할 단영—

'아아, 어쩌다 저런 사람을 좋아하게 된 거야!'

멍한 머리로 삼 층에 있는 단영의 방으로 향했다. 상처를 입은 명덕은 단영의 침대에 누워 있었다. 그는 이미 의식을 회복하고 있었다.

"몸은 좀 어떠십니까?"

"아직 머리가 아파……."

"이제 곧 의사 선생님께서 오실 겁니다."

"단영은? 그는 어디에 있지?"

춘란이 단영을 데려오자 명덕은 눈물을 뚝뚝 흘렸다.

"미안해……. 거짓말을 했어. 사실은 아버지께 불려왔어. 미국에서 신 나게 놀았거든."

"신경 쓰지 마. 나는 화나지 않았어."

"사실은 너도 함께 유학길에 오르길 바랐어. 나는 영어를 제대로 못하니까— 하지만 아버지는 한 번쯤은 스스로 곤란함을 극복해 보라며 허락하지 않으셨어. 결국 수업을 따라가지 못하고 술집에 드나들며 칵테일 이름만 외웠지……."

단영은 아이처럼 흐느끼는 명덕의 머리를 다정하게 쓰다듬었다.

"곤란함은 지금부터야……. 아버지께 사과드려. 몇 번이든. 그리고 어엿한 남자가 될 때까지 죽을 각오로 노력해. 공부는 여기서 하면 돼."

"이제 그만 내버려 둬. 아버지도 나를 포기하셨어. 나는 한심한 놈이야."

"진정해. 명괴 씨도 지금은 피가 거꾸로 솟아서 그러시는 거야. 시간을 들여 속죄를 하면 분명히 알아주실 거라고."

명덕은 단영의 손을 살며시 놓았다.

"너는 내 마음을 몰라……. 너는 뭐든지 나보다 잘났는 걸. 공부도 싸움도. 취령도 사실은 네게 빠졌지……."

"……하지만 나는 죽을 때까지 네 편이야."

단영은 조용히 말했다.

"사실은 네가 좋은 녀석이라는 건 알고 있어. 누가 뭐래도 나는 너를 따를 거야."

"아버지와 내가 헤어진다면 너는 어느 쪽에 붙을 거지?"

"너지. 알잖아?"

명덕은 이불을 뒤집어쓰고 아이처럼 울기 시작했다.

단영과 춘란은 명덕을 방에 홀로 두고 복도로 나왔다.

"오늘은 나도 네 방에서 쉬어야겠어. 가자."

"네……?"

춘란의 발이 멈췄다. 뺨도 굳었다.

"왜 그래?"

"저기…… 오늘 밤에는 피곤하지 않으세요? 푹 쉬시는 편이."

단영은 아름다운 얼굴을 짓궂게 찡그렸다.

"오늘 밤에는 너를 안을 마음이 없어. 안심해. 아니면 실망한 건가?"

"그런⋯⋯."

안기고 싶은지 안기고 싶지 않은지 스스로도 알 수 없었다.

단영의 본심이 알고 싶은지 알고 싶지 않은지 스스로도 알 수 없었다.

그를 사랑하는지 사랑하지 않는지—

'차라리 증오하는 채 있을 수 있다면 좋았을 텐데.'

명덕은 취령을 사랑하고, 취령은 단영을 사랑하며, 단영은 아무도 사랑하지 않는다.

어째서 사람의 마음은 생각대로 되지 않는 걸까?

난초의 대가라고 결론짓고 안기면 그만일 뿐인데.

'왜 마음까지 안기고 마는 거야!'

"어느 쪽이지? 함께 잘 거야, 말 거야?"

"네⋯⋯. 괜찮아요."

둘이서 얇은 옷을 걸친 채로 침대로 들어갔다. 평소에는 부드럽게 움직이는 몸이 오늘은 깊게 잠겨 있었다. 이윽고 고요하게 쌕쌕거리는 숨소리가 들려왔다.

'언제부터 이 사람을 좋아하게 된 걸까?'

그의 신상을 알고부터? 자신과 닮았기에? 아니면 음란한 쾌락을 선사해 줬기에?

아니면 처음부터인가? 그 정원에서 만났을 때, 그 음울하고 날카로운 눈에 꿰뚫렸을 때부터.

4장
오랜 벗

명덕은 다음 날, 여명괴가 보낸 차에 타고 자택으로 돌아갔다. 곧 처형당할 죄인 같은 얼굴이었다.

그리고 그날 이래로 단영은 춘란의 방을 찾지 않았다. 자신의 방에도 부르지 않게 되어, 춘란은 그저 담담히 백화주점의 웨이트리스로서 일할 뿐이었다.

"왜 그래?"

낮에 영어를 가르쳐 주러 온 용나도 춘란의 변화를 눈치챘다.

"왜 그러냐니, 뭐가?"

"당신, 뭔가 이상해. 류 씨와 싸움이라도 했어?"

"아무것도 아니야. 이제 그 사람은 내게 질린 게 아닐까?"

"말도 안 돼!"

"됐어. 나는 난초만 받을 수 있으면 좋으니까. 한 가지 역할이 줄어서 기쁠 정도야."

허세를 부려봤지만 음울한 표정은 감출 수 없었다.

"류 씨의 마음은 확인했어?"

"확인할 것까지도 없어. 그 사람은 여자를 사랑하지 않아. 어쩌면 취령을 좋아하는지도 모르지만, 그보다도 명덕 씨에 대한 충성심이 강하지."

용나는 춘란의 손을 꼭 잡았다.

"그야 명덕 씨와 류 씨는 오랜 벗이니까. 하지만 그것과 여자를 향한 사랑은 달라. 양립할 수 있는 게 아니야."

"아니. 그 사람은 황룡단 안에서 힘을 지니기 위해 동료 중에서 아내를 고를 거야. 이제 됐어. 어차피 앞으로 한 달 정도만 지나면 난초에 꽃이 필 거야. 그렇게 되면 작별인 걸."

난초에 꽃이 폈을 때 딱 잘라내듯 헤어지기보다 이렇듯 서서히 연을 끊는 편이 좋을지도 모른다─ 춘란은 그렇게 스스로에게 되뇌었다.

영어 공부가 끝나고 일단 집으로 돌아가는 용나를 배웅하기 위해 춘란은 문까지 이르는 긴 길을 걸었다. 봄으로 향하는 백화주점은 연초록빛의 새싹에 덮여 있었다.

"어머……."

문을 한 걸음 나섰을 때 춘란은 기묘한 풍경을 발견했다.

왼쪽 기둥 밑에 두 사람이 웅크리고 앉아 있었다.

처음에는 중국인 거렁뱅이인줄 알았다. 하지만 그 머리카락은 눈부신 금발이었다. 옆에 있는 사람이 입고 있는 옷은 둥글게 퍼져 있었으니 어쩌면 여성일지도 몰랐다.

금발인 사람은 춘란 일행을 알아채고는 벌떡 일어났다. 역시 백인 청년이었다. 옆에 있는 사람은 아직 소녀라고 해도 좋을 정도의 젊은 여성이었다.

"당신, 당신은 이 가게 사람?"

금발의 청년은 대단히 불안한 중국어로 말했다. 춘란이 고개를 끄덕이자 청년은 중국식으로 두 손을 모아 부탁한다는 포즈를 취했다.

"나, 여기서 일하고 싶어. 부디, 부디, 들여보내 줘. 주인을 만나고 싶어."

옆에 있던 소녀는 필사적으로 부탁하는 청년의 모습을 조용히 바라보고 있었다. 청년과 마찬가지로 금발을 길게 늘어뜨리고 있었지만 빗질을 하지 않았는지 엉킨 머리카락은 짚단 같았다.

자세히 보니 청년의 모습도 초라했다. 슈트 차림에 구두를 신기는 했지만 모두 낡아 빠져 있었다. 상해에 사는 백인은 모두 부자이며 깔끔하게 차려 입는 줄 알았기 때문에 춘란은 깜짝 놀랐다.

"러시아인이야……."

용나가 읊조렸다.

"응?"

"러시아에서도 혁명이 일어나서 많은 이들이 상해로 도망쳤어. 분명히 그 사람들일 거야."

"맞아, 나, 러시아에서 왔어. 집이 불타서 도망쳤어. 돈 없어, 일하고 싶어."

춘란은 마음이 철렁했다. 이 사람도 다른 중국인과 같은 처지인가? 결사적인 마음으로 백화주점에 숨어들어온 자신의 옛 모습이 겹쳤다.

"어떻게 할 거야? 나, 이제 그만 가봐야겠는데……."

"괜찮아. 내가 이야기를 해볼게. 자, 같이 가요."

춘란의 말을 듣자 청년의 얼굴이 확 밝아졌다. 그 얼굴을 보고 소녀도 웃었다.

청년의 이름은 일리아, 소녀는 나탈리아였으며 역시 남매였다. 두 사람을 백화주점으로 데려오자 그들은 기세 좋게 의자에 앉았다.

"뭘 할 수 있죠?"

지배인인 요가 당황한 표정으로 말을 걸었다.

"나, 피아노를 칠 수 있습니다. 아주 잘 칩니다."

"으~음, 하지만 피아니스트는 이미 있으니."

"부탁이에요, 요 씨. 피아노가 어렵다면 웨이터라도 좋잖아요?"

"하지만 최소한 중국어를 제대로 할 줄 알아야."

춘란과 요가 언쟁을 하고 있을 때, 계단 위에서 목소리가 들렸다.

"무슨 일이지?"

그곳에 서 있던 이는 단영였다. 명덕의 건 이래로 얼굴을 마주하지 않았던 춘란은 순간 움찔했지만 마음을 다잡고 말을 걸었다.

"단영…… 류 씨, 부탁이 있습니다. 이분을 가게에서 고용해 주실 수 있을까요?"

"이 두 사람은 누구지? 네 지인인가?"

"아니요. 방금 전에 문 앞에서 만났을 뿐입니다. 하지만 난처해 보여서요. 어린 여동생도 있고."

단영은 일리아의 앞으로 다가가더니 들어본 적 없는 언어로 말을 걸었다. 영어와 비슷했지만 다른 언어인 모양이었다. 놀랍게도 일리아 역시 유창하게 이야기하기 시작했다.

"요 씨, 이 언어는 러시아어인가요?"

"맞아요. 저도 잘 모르지만 류 씨는 할 수 있는 모양이군요."

한동안 이야기를 나눈 뒤 단영이 요를 보고 섰다.

"대강의 이야기는 들었어. 러시아 상인의 자녀고, 피아노 실력이 뛰어난 모양이야. 황제의 앞에서 연주한 적도 있다는군."

"정말이십니까?"

"들어보면 알 테지. 치게 해줘."

요는 일리아를 피아노가 있는 곳까지 안내했다. 일리아는 한동안 건반을 툭툭 두드리더니 얼굴을 찡그리고 무언가를 중얼거렸다.

"류 씨, 뭐라고 한 건가요?"

"조율이 엉망이라는군. 상관없어. 치게 해."

일리아는 단념한 듯 한숨을 쉬고 의자 위에서 자세를 바로잡은 뒤 피아노를 치기 시작했다.

춘란은 서양 음악에 대해 잘 모른다. 하지만 일리아의 솜씨가 평소에 듣던 밴드의 피아노맨과는 차원이 다르다는 것은 금세 알 수 있었다. 손가락은 건반 위를 미끄러지듯 움직였고, 그렇게 탄생한 소리는 카나리아의 지저귐 같았다.

'이렇게 아름다울 수가……'

푹 빠져서 감상하던 춘란의 시야에 무언가 반짝이는 빛이 들어왔다. 어느새 여동생인 나탈리아가 일어서서 몸을 움직이고 있었다.

그것은 신비한 동작이었다. 까치발로 서서 종종걸음으로 바닥을 미끄러졌다. 그녀는 경극에서 여자 역할을 하는 남자 배우처럼 손끝을 우아하게 움직이며 망아지처럼 빙글 돌았다.

"발레로군요."

요가 툭 내뱉었다.

"발레?"

"서양의 무용입니다. 발끝으로 서서 학처럼 춤추는 것이 특징이지요. 아무래도 저 소녀는 그것이 주특기인 모양입니다."

초라한 옷과 부스스한 머리카락이었지만, 나탈리아는 더할 나위 없이 우아했다. 춤을 추는 사이에 그 초록빛 눈동자는 빛을 되찾았고, 본래의 아름다움을 발하기 시작했다. 피아노 앞에 있는 일리아의 얼굴도 어느새 고조되어 굳어 있었다. 춘란의 눈은 두 사람의 모습에 끌렸다.

'어쩜 이리도 아름다운 음악과 춤이람. 서양에 이런 아름다운 문화가 있었다니.'

"이제 됐어."

갑자기 단영이 일어나 연주를 중단시켰기에 황홀하게 듣고 있던 춘란은 머쓱해졌다.

"어, 어떠셨나요?"

일리아는 연주할 때와는 전혀 달리 머뭇거리며 단영의 모습을 살폈다.

"안 되겠어. 네 연주는 여기서는 쓸 수 없어."

단영의 말에 무심결에 반론한 것은 춘란 쪽이었다.

"왜죠?! 대단히 훌륭했는데."

단영은 대드는 춘란을 차가운 눈으로 뿌리쳤다.

"확실히 그는 달인이야. 굉장한 달인이지. 이곳은 피아노 연주를 들려주는 곳이 아니야. 이런 연주를 들려준다면 술을 주문하는 손이 멈추고 말지."

"그럴 수가……."

거절당했음을 깨달은 일리아가 열심히 단영에게 말을 걸었다. 알 수 없는 이국의 언어였지만 그가 필사적이라는 사실은 이해할 수 있었다. 이따금 여동생 쪽을 가리키기도 했다.

"요 씨, 저 사람이 무슨 말을 하는 지 아시나요?"

"저는 류 씨만큼 러시아어를 할 수 없지만, 아무래도 지금 당장 일자리를 구하지 않으면 여동생을 댄스홀에 팔아야 하는 모양이로군요."

"뭐라고요!"

외국인의 나이는 가늠할 수 없지만, 나탈리아는 아직 소녀처럼 보였다. 이런 아이를 남자와 춤추는 댄스홀에서 일하게 하다니.

"백인 무희는 아직 진귀하기에 원하는 이들이 줄을 서겠지요. 아름다운 소녀라면 더더욱……."

"안 돼요!"

춘란은 단영의 발밑에 웅크리고 앉아 그의 손을 잡았다.

"부탁드려요. 그를 도와주세요! 피아노나 웨이터가 어렵다면 설거지라도 좋아요!"

춘란은 눈물을 글썽이며 단영의 손을 감쌌다. 오랜만에 만진 그의 손은 크고 차가워서 기분 좋았다.

"왜 그렇게 이 남매를 편드는 거지? 이전부터 알고 지낸 사이인가?"

"아니요. 그렇지 않습니다. 방금 전에 처음 만났어요. 하지만 알아버렸으니 무시할 순 없습니다. 저와 비슷한 입장이거든요."

단영은 밑에서 올려다보는 춘란의 눈동자를 받아들였다. 그것은 본 적이 없는 표정이었다. 무언가를 말하고 싶은데 무슨 말을 하면 좋을지 알 수 없었다. 이런 단영의 얼굴은 처음이었다.

"─돕지 않겠다는 건 아니야. 요, 내 명함을 갖고 오게."

요가 어디선가 황급히 흑단으로 만든 명함집을 가져왔다. 단영은 그곳에 무언가를 적어 일리아에게 건넸다.

"……! ……!"

단영이 뭐라고 이야기할 때마다 일리아의 얼굴이 점점 밝아졌다. 그리고 춘란의 손을 잡고 몇 번이고 같은 말을 했다.

"스파시바! 스파시바!"

"러시아어로 고맙다는 뜻입니다."

요의 말을 듣고서야 단영이 이 남매를 도와주었음을 알았다.

두 사람이 나간 뒤 춘란은 그에게 물었다.

"대체 저 사람들을 어떻게 하신 건가요?"

"잘 아는 흥행사(興行師)에게 소개했어. 지금 상해에서 오케스트라를 만들고 있는 모양이거든. 그곳으로 가면 그 남자도 솜씨를 발휘하는 보람이 있겠지."

"정말이세요?"

"언젠가 발레단도 만들고 싶다고 했었어. 그 여동생이 단련을 거듭하면 갈 곳이 생길지도 모르지."

"아아……!"

춘란은 기쁜 나머지 얼굴을 손으로 덮었다. 차갑다고 생각했던 그에게 이렇게 따뜻한 면이 있었다니.

"감사합니다! 저기, 설마 이렇게까지 도와주실 줄은……."

그에게 솔직한 감사의 마음을 전하고 싶었다. 그리고 최근 떨어져 있던 두 사람의 거리를 조금이라도 좁히고 싶었다. 춘란의 마음에 그런 감정이 싹텄다.

하지만 춘란이 얼굴을 들었을 때에는 이미 단영이 계단을 올라가고 있었다. 그가 계단을 올라갈 때마다 기다란 머리카락 끝이 흔들렸다. 춘란은 그저 그것을 바라볼 뿐이었다.

'이제 저 사람은 내게 질린 걸까?'

오랫동안 그의 손에 닿지 않았다. 이대로 그와 헤어지게 되는 것일까?

'어쩔 수 없어. 어쩔 수 없지만…… 섭섭해.'

일리아와 나탈리아 남매를 만난 지 약 일주일이 지난 어느 날, 백화주점이 문을 열기 조금 전에 춘란을 찾아온 이가 있었다.

"어머……."

문밖에 서 있던 사람은 바로 일리아였다. 하지만 그 사이에, 여동생과 함께 일자리를 찾던 때와는 제법 달라져 있었다. 고가는 아니지만 단정한 신사복을 입고 머리카락도 깔끔하게 정리한 모습이었다.

"고마워요, 일을 무사히 찾았어요, 오케스트라에서. 가불을 받아서 음식과 옷을 샀어요. 이곳 주인과 당신 덕분이에요."

"별말씀을요. 저는 아무것도 한 게 없어요. 단영 씨가 소개해준 덕분이지요."

일리아는 춘란의 눈동자를 바라보며 작은 꽃다발을 건넸다.

"당신의 피아노 연주는 아주 멋졌어요. 저는 정말로 감동했답니다. 여동생분도 분명히 좋은 무용수가 될 거예요."

춘란은 쉬운 단어를 골라 일리아에게 마음을 전했다. 젊은 러시아인은 그런 그녀를 열심히 바라봤다.

"어제 레스토랑에서 일을 했어요. 그곳에서 꽃을 받아 직접 만들었지요. 감사의 뜻이에요."

남은 꽃으로 만든 꽃다발은 조금 시들어 있었지만 춘란은 기뻤다.

"어머, 꽃다발을 받는 건 난생처음이에요……."

작은 장미꽃을 황홀하게 바라보는 춘란을, 일리아는 초록빛 눈동자로 내려다봤다.

"사실은 당신을 좋아할 뻔했어요. 하지만 당신은 그 류 씨의 연인이죠?"

갑자기 그런 말을 들은 춘란은 얼굴을 홱 들었다.

"그건! 그건…… 아니에요!"

"아니요. 당신과 류 씨는 연인 사이지요? 그건 저도 알 수 있어요. 그러니까 꽃다발을 건넬 뿐이에요. 제 마음이에요."

"저기……."

복잡한 사정을 말이 서툰 일리아에게 설명하기란 불가능했다. 게다가 자신과 단영이 연인 사이로 보였다는 사실, 그것이 진짜라면—

일리아가 떠난 뒤, 춘란은 꽃다발을 들고 자신의 방으로 돌아갔다. 주방에서 물을 담은 컵을 들고 와 그곳에 꽃을 꽂았다. 물을 준다면 조금 더 살 수 있을 것 같았다.

'인정해야 돼. 나는 단영을 좋아해.'

계기야 무엇이든, 그에게 끌리는 마음은 이제 감출 수 없었다. 그의 고독과 차가운 눈에 사로잡히고 말았다.

문제는, 이제 그에게 자신을 향한 욕망이 사라졌다는 것—

처음에는 그토록 두려웠는데, 만져주지 않게 되자 이렇게 섭섭하다니.

손에 넣은 여자는 이제 필요 없다는 걸까? 그렇다면 남자란 이 얼마나 제멋대로란 말인가?

'욕망에 좌우되는 인생은 사양하겠어. 이곳을 나가면 더 이상 남성과 연이 없는 인생을 살자. 부모님을 떠나보내면 여승방에라도 들어가서······.'

춘란이 멍하니 생각에 잠겨 있을 때 노크 소리가 들렸다. 지배인인 요라고 생각하여 누군지 확인하지도 않고 문을 열었다.

하지만 그곳에 있던 것은 상상치도 못했던 인물이었다.

"앗······."

단영이 그곳에 서 있었다.

단영이 춘란의 방을 찾은 것은 오랜만이었다. 그리고 왠지 다급한 표정을 짓고 있었다.

"무슨 일이시죠······?"

단영은 조용히 방으로 들어왔다. 그리고 테이블 위에 있던 꽃에 눈길을 멈췄다.

"이건 뭐지?"

"저기, 지난번에 당신이 일자리를 도와준 일리아 씨가 줬어요. 감사하다며."

수수한 꽃다발은 물을 준 덕분에 다소 생기를 되찾은 모습이었다. 단영은 갑자기 그것을 움켜쥐더니 창밖으로 던져버렸다.

"아앗!"

춘란은 황급히 밖을 봤지만, 꽃은 산산이 흩어져 공중에서 흩날리고 있었다.

"너무해요. 어째서……!"

단영은 날카롭게 돌아본 춘란의 팔을 거세게 잡아당겼다.

"대체 무슨 짓이세요!"

"그 남자에게 반했나?"

춘란은 그의 말에 멍해졌다.

"무슨 말씀이시죠……?"

"아니면 본래 알던 사이였나? 내게 자신의 남자를 돌봐달라고 한 건가? 솔직히 말해!"

그것이 일리아를 가리키는 말임을 춘란은 뒤늦게 깨달았다. 단영은 그 러시아인이 자신과 연인 사이라고 착각하고 있는 것이다.

"바보 같은 말씀 마세요! 저는 그날 그 사람과 처음 만났어요. 지금도 꽃다발을 받았을 뿐이라고요."

"그런 것 치고는 꽤 오래 이야기를 나누더군. 마치 연인 사이인 것처럼."

눈앞이 스르륵 붉어졌고, 정신을 차리고 보니 춘란은 그의 **뺨**을 때리고 있었다.

"헛소리 마세요!"

단영을 향한 마음을 필사적으로 억누르고 있는데 이 무

슨 엉뚱한 의심이란 말인가— 춘란의 눈동자에 분노의 눈물이 차올랐다.

"저는, 이래봬도 지금은 당신의 여자입니다. 다른 남성에게 마음을 주는 일은 없습니다."

단영은 춘란에게 뺨을 맞고도 꼿꼿이 서서 그녀를 물끄러미 바라봤다. 그리고 다시 한 번 가느다란 팔을 잡은 뒤 침대 쪽으로 끌고 갔다.

"뭐하시는 거예요!"

"말은 누가 못해. 네 몸으로 증명해."

춘란은 시트 위에 던져졌고, 단영의 몸이 그 위를 덮쳤다. 그 의미를 알았을 때, 춘란의 입술에서 비명이 새어나왔다.

"싫어요. 그만두세요!"

"왜 그러지? 방금 전에 너는 내 것이라고 했잖아? 그건 역시 거짓말이었나?"

거짓말이 아니다.

하지만 지금 안기는 것은 무리였다. 지금 안긴다면 자신은 그와 헤어지지 못할지도 모른다.

"부탁입니다. 최소한 밤에 해주세요."

조금 시간을 두면 기분도 진정되어 냉정해질지도 모른다. 하지만 그 말은 단영을 더욱 부추겼다.

"왜 거절하지? 왜 싫어하는데? 역시 그 러시아인과 뭔가 있었나?"

"아니에요!"

"그렇다면 살갗을 보여줘!"

옷을 좌우로 벌리자 풍만한 두 언덕이 훤히 드러났다. 그의 눈에 드러난 것만으로도 그 선단이 뜨겁게 욱신거렸다.

"아아……."

단영의 기다란 손가락이 하얀 살갗 위를 헤집듯 움직였다.

"접촉한 흔적은 없군……. 일단 정조는 지킨 모양이야."

"너무해요. 저, 저는, 아, 아아……!"

아주 살짝 닿은 것만으로도 춘란의 몸은 뜨겁게 달아올랐다. 오랜만의 애무는 사막에 떨어진 물처럼 살갗에 흡수되었다. 순식간에 가슴은 복숭아 빛으로 물들었고, 달콤한 땀을 냈다.

"여전히 음란한 몸이군……. 요즘 들어 냉정하더니만."

'무슨 소리지? 내가, 냉정해?'

그에게 빠지지 않기 위해, 자신을 갈구하지 않더라도 최대한 아무렇지도 않은 척을 했다. 그것을 냉정하다고 표현하는 건가?

'내 마음도 모르고!'

반론하고 싶었지만, 춘란은 이미 그의 애무에 빠져 있었다.

"아아, 싫어요, 싫어……."

그가 불그스름한 돌기를 부드럽게 꼬집으며 혀끝으로 더

듣자 음란한 소리를 억누를 수 없었다.

게다가 단영의 행위도 전에 없이 격렬했다. 마치 그녀의 몸에 굶주린 것처럼.

'아아, 당신은, 나를……?'

단영은 부드러운 살을 입 안 가득 머금고 맛을 보듯 혀를 움직였다. 그 숨결도 평소보다 뜨거웠다. 그 열기를 느끼는 것만으로도 춘란은 녹아들 듯했다.

'지금뿐이라도 좋아— 진짜 연인처럼 안기고 싶어.'

"아아, 조, 좋아요. 안아주세요……. 거세게!"

춘란이 단영의 목에 매달리자 그도 강하게 안아주었다.

"안기 좋은 몸이야……. 부드럽게 달라붙는군……."

옷을 벗기고 다리를 벌리자 그곳은 이미 열기를 띄고 있었다. 손가락을 쑥 밀어올린 것만으로도 서서히 꿀이 흘러넘쳤다.

"히익……."

엄지로 작은 싹을 문지르자 주름은 부드럽게 열리며 남자의 손가락을 삼키려 했다. 검지가 밀려 들어와 안쪽을 문질렀다.

"하웃! 아아앗."

"한동안 안지 않았으니 조금 **빡빡**해졌나? 하지만 여전히 금방 젖는군."

"아아, 제발, 더욱, 더……."

평소라면 거부하고 싶은 음란한 말도, 지금의 춘란에게

는 오히려 달콤한 독이었다. 좀 더 흐트러지고 싶었다. 음란하다고 생각해도 좋았다—

'어차피 이제 곧 작별이야. 명예도 정조도 이미 잃어버렸으니 이제…….'

자신에게 남은 것은 그에게 안겼던 일뿐.

그렇다면 마지막으로 그것을 즐겨도 좋지 않을까?

"좀 더, 깊게, 해주세요. 아아, 이, 이렇게."

스스로 하얀 다리를 벌리며 흐트러진 춘란을, 단영은 잔인한 미소를 띠며 내려다봤다.

"사실은 안기고 싶었지? 이렇게 음란한 짓을 당하는 게 좋지?"

"맞아요. 당신이…… 만지는 것만으로도, 이렇게, 아, 아아아."

단영의 손가락이 춘란의 가장 깊은 곳을 천천히 휘저었다. 부드러운 살이 녹아들며 달라붙었다.

단영의 혀는 잘 익은 과실 같은 자육(雌肉)을 핥았다.

"흐아아앗! 아아!"

분명하게 열기를 띤 육핵(肉核)은 순식간에 부풀어 올라 폭발 직전이었다. 그 상태로 안쪽에서 벽을 살며시 문지르자 그대로 절정에 다다를 것 같았다.

"아아, 저, 절정, 이에요……. 안 돼요……."

단영은 절정 직전에 손가락을 뺐다. 그리고 그는 단숨에 바지를 벗고 한껏 흥분된 육봉을 드러낸 뒤, 음란하게 벌름

거리는 구멍에 단 번에 찔러 넣었다.

"으아앗, 아아아아!"

남근이 벌리고 들어오자 애타게 기다리던 자육이 단숨에 달아올랐다. 거세게 수축하며 싹이 튀어 올랐다. 남자의 살을 삼킬 듯이 그곳은 수없이 수축했다.

"좋아……. 네 몸은 최고야. 복숭아처럼 달콤하고 살살 녹아."

"아아, 안 돼요. 그렇게 움직이면 아, 아아아앗."

뜨거운 살을 문지르자 춘란은 또다시 금세 달아올랐다. 단영의 몸에 다리를 얽고 가냘픈 몸통을 부들부들 떨었다. 이윽고 그녀의 주름은 두 번째 수축을 시작했다.

"아아, 끝이에요, 이제……!"

춘란은 부들부들 떨며 체내의 육봉에 꿀을 토해냈다. 두 번의 절정으로 꽃잎은 끈적끈적하게 녹았고, 그가 허리를 흔들 때마다 감미로운 점액이 쏟아졌다. 단영은 힘이 쭉 빠진 춘란의 몸을 실컷 탐하며 깊숙한 곳까지 꿰뚫었다. 말랑말랑한 곳을 선단으로 찌르자 또 다시 수축이 시작되었다.

"이제, 이제, 안 돼요, 용서해 주세요……."

"아직이야. 전부 범해주지. 모두 내 것으로……."

'당신 것으로.'

그렇게 되면 얼마나 좋을까? 머리끝부터 발끝의 새끼발가락까지도 그의 것이 될 수 있다면…….

"아아, 좀 더, 좀 더, 부탁드립니다. 당신 것으로……!"

그가 깊숙이 찔러 넣고 뜨거운 것을 방출시켰을 때, 춘란은 세 번째의 절정을 맞이했다.

오랜만에 안겨 더할 나위 없는 쾌락을 느낀 춘란은, 또다시 단영과 이어졌음을 실감했다.

지금까지 없던 강한 유대가 생겼다고.

하지만 춘란이 침대에 처져 있는 사이에 단영은 방을 나섰고, 그 대신에 나타난 이는 리 노인이었다.

"몸을 씻으십시오. 온수를 마련해 두었습니다."

욕조에서 땀을 씻고 나오자 방에는 잠옷만 준비되어 있었다.

"유니폼을 갖다 주세요. 가게에 나가야 해요."

"류님께서 오늘 밤에는 가게에 나오지 않아도 된다고 하십니다."

"왜죠!"

"피곤할 거라고 하셨습니다."

나오지 않아도 된다는 말은 나오지 말라는 말과 마찬가지다. 춘란은 느릿느릿 잠옷으로 갈아입고 침대에 누웠다.

"저녁 식사를 만들겠습니다."

"괜찮아요……. 먹고 싶지 않아요."

춘란은 예감하고 있었다. 단영은 이제 자신을 가게에 내보낼 생각이 없는 게 아닐까?

그 예상은 적중했다. 춘란은 다음 날부터 자기 방과 삼

층 복도의 출입만 허락되었다. 그것을 그녀에게 전한 것도 리였다.

"왜죠? 저는 도망치지 않아요!"

"이유는 저도 모릅니다. 다만, 난초가 꽃을 피울 때까지 춘란님을 밖에 내보내지 말라셨습니다."

"단영 씨는요?"

"외출 중이십니다."

결국 그날은 가게가 문을 열 때까지 단영이 돌아오지 않았다. 백화주점이 영업을 하는 시간에는 그를 만날 수 없다. 춘란은 초조하게 밤을 기다렸다.

한밤중이 제법 지난 뒤 가게의 불이 꺼졌다. 하지만 단영은 삼 층으로 돌아오지 않았다.

"손님과 함께 다른 가게로 가셨습니다."

춘란은 일단 침대로 들어갔다. 단영이 돌아온대도 자신의 방으로는 오지 않을 것이다. 무엇 때문인지는 모르겠지만, 자신 안의 무언가가 그를 멀리하고 있었다.

'혹시, 완전히 그의 수중에 들어간 것이 잘못이었을까?'

잠들고자 했다. 물론 무리였다. 몸에는 아직 그의 자취가 있었다. 손의 감촉, 혀의 감촉, 그 자신의 감촉—

'앞으로 조금 더—'

잠자는 난초에 꽃이 필 때까지는 한 달이 채 남지 않았다. 주방에서는 부호들을 모을 잠자는 난초의 연회를 위해 희귀한 찻잎 조달에 분주했다. 혁명 때문에 차밭이 방치되어 양질의 차를 만들 수 없었기 때문이다.

'이대로 헤어지는 걸까?'

앞으로 한 달 사이에 단영은 자신을 안을지도, 안지 않을지도 모른다. 자신은 그저 기다릴 뿐이었다. 후궁처럼—

'그런 건 싫어!'

그때 복도를 걷는 발소리가 들렸다. 단영이었다. 춘란은 잠옷 위에 얇은 옷을 걸치고 복도로 나갔다.

단영은 자기 방문을 열려고 하고 있었다. 춘란은 잽싸게 다가갔다.

"무슨 일이지?"

"왜 가게에 나가면 안 되는 건가요?"

"안 되는 건 안 돼."

"이유를 알려주세요. 제가 무슨 잘못이라도 했나요?"

단영은 어두컴컴한 복도에서 춘란을 바라봤다.

"가게에 나가고 싶나?"

"네."

"왜지?"

"왜냐니…… 일하고 싶어요. 영어도 제법 익숙해졌고 용나와도 친해졌거든요."

"안 돼."

"그러니까 왜요?"

"그 러시아인이 올지도 몰라. 너를 유혹하면 어쩔 건데?"

춘란은 깜짝 놀랐다. 그가 아직 일리아에게 집착하고 있었을 줄이야.

"아까도 말씀 드렸잖아요? 저는 일리아와 관계없어요. 요전번과 오늘, 잠깐 이야기를 나눴을 뿐이에요."

"그 남자뿐만이 아니야. 언제 다른 남자가 너를 눈여겨볼지 몰라. 이번 일로 그걸 깨달았어."

"당신은…… 누군가에게 저를 빼앗기는 게 싫은가요?"

"너는 앞으로 한 달 동안 내 것이야. 내 것을 훔치는 자는 누구라도 용서 못 해."

"제가 당신 것이 아니게 된다면요? 앞으로 한 달이면 난초에 꽃이 펴요. 그렇게 되면 제가 누구와 사귀어도 괜찮나요? 일리아라도?"

단영은 대답하지 않았다.

"처음에는 난초와의 교환 조건으로 안겼어요. 하지만 난초를 받고 당신과 헤어져도 저는 분명히 당신을 잊을 수 없을 거예요."

"너는 무슨 말을 하는 거지?"

"당신을 좋아해요."

단영은 역시 대답하지 않았다.

"이런 말을 해서 죄송합니다. 당신께 전할지 말지 고민했어요. 하지만 역시 말할게요. 저는 당신을 좋아해요. 안겼기 때문일지도 모르지만 이것이 제 진심이에요."

단영의 얼굴은 어쩐지 슬퍼보였다.

"죄송합니다. 이런 말을 해서…… . 당신께 사랑받고 싶다든지, 아내로 삼아주길 바라는 건 아니에요. 그저 제 마음을 말하고 싶었어요."

춘란은 얇은 옷을 꽉 쥐었다. 마침내 입 밖에 내고 말았다. 이 마음을.

그가 어떻게 생각할까? 안겼다고 홀랑 넘어온 음란한 여자라고 생각할지도 모른다. 하지만 후회는 없었다. 가슴속의 답답함이 풀어진 듯했다.

"하고 싶은 말은 그것뿐이에요. 이제 방으로 돌아갈게요. 가능하면 내일부터 가게에서 일하고 싶어요. 지금 드릴 부탁은 그것뿐이에요."

발걸음을 돌려 돌아가려는 춘란의 어깨를 단영의 손이 잡았다. 춘란은 조용히 돌아봤다.

단영은 좀처럼 입을 열지 않았다. 말이 목구멍까지 차올랐는데 이를 앙다물고 있는 듯한 표정이었다.

"나는 여자를 사랑하지 않아."

"알아요."

춘란은 그의 손을 살며시 쥐었다.

"정해진 여자는 만들지 않아. 너는 기간 한정이기에 안은 거야. 영원한 인연을 원한다면."

"그런 건 필요 없다고 했잖아요. 저는 그저, 당신을 좋아해요. 난초도 원하지만 당신도 사랑해요. 그것뿐이에요."

"내게 어쩌라는 거지?"

"아무것도 하지 않아도 돼요. 당신은 당신으로 있어주면 돼요. 당신은 아름답고 다정해요. 그것만으로 충분해요."

단영의 입술은 아직 열려 있었다. 그곳에서 어떤 말이 튀어나올까? 차가운 말일까, 아니면 사랑의 말일까—

"나는—"

그의 눈동자가 흔들리고 있었다. 처음 보는 표정이었다. 피기 직전의 연꽃 같았다.

춘란은 그가 말하기를 기다렸다. 자신의 말을. 자신의 마음을.

"나는."

영겁처럼 느껴진 몇 분 뒤, 두 사람의 시선은 거미줄처럼 이어졌다. 이 시간이 영원히 이어진다면— 춘란은 그저 무심하게 그의 눈동자를 바라보았다.

"아니, 아무것도 아니야."

시선을 피한 것은 단영 쪽이었다.

"뭔데요? 무슨 말을 하려 하셨죠?"

"말해도 소용없는 이야기야."

"그래도 말씀해 주세요. 그 말을 보물 삼아 평생을 살겠습니다."

"그렇다면 더더욱 말할 수 없어."

"잠깐만요!"

단영은 춘란을 뿌리치고 다시 가게 밖으로 나가려 했다. 춘란은 그의 긴 소매를 잡고 멈춰 세웠다.

"이거 놔. 험한 꼴을 당하고 싶어?"

"때리고 싶으면 때리세요. 하지만 당신의 마음을 듣기 전까지는 이 손을 놓지 않겠어요."

"요, 리, 춘란을 방으로 데려가게!"

심야가 지난 가게는 텅 비어 있었다. 홀로 남아 있었을 요 지배인의 모습도 없었다.

"요! 거기 있지? 이리 오게!"

그의 말대로 요는 문 근처에 서 있었다. 하지만 단영의 목소리를 들었을 그는 이쪽으로 오려 하지 않았다. 문에 달라붙어 무언가를 말하고 있었다.

"대체 뭘 하고 있는 거야……?"

단영이 초조한 목소리를 냈을 때, 마침내 요가 이쪽을 돌아봤다. 멀어서 잘 알 수 없었지만 당혹스러운 표정이었다.

이윽고 요는 천천히 문을 열었다. 그 문을 바깥에서 강하게 밀어젖히고 가게 안으로 들어오는 자가 있었다.

그것은 여명덕였다.

분명히 그는 여명덕, 황룡단의 두목 여명괴의 아들이자 단영의 친구였다.

하지만 한동안 만나지 못한 사이에 그의 모습은 크게 변해 있었다. 짧게 자른 머리카락은 부스스했고, 얼굴도 파랗게 부어올라 있었다. 미국제인 하얀 셔츠도 땀으로 지저분했다.

"명덕!"

단영은 비틀거리며 들어온 친구에게 달려갔다. 제법 지쳤는지 단영이 곁에 오자 명덕은 무릎부터 무너지며 그의 팔에 의지했다.

"무슨 일이야? 집에서부터 걸어왔나?"

"단영……."

명덕은 단영의 팔을 잡고 친구의 얼굴을 응시했다. 커다란 눈은 충혈되어, 겁에 질린 강아지 같았다.

"우선 앉아. 뭐라도 마시는 게 좋겠어. 물을 끓일 테니 차라도……."

"단영, 내 부탁을 들어줘. 평생에 한 번뿐인 부탁이야."

단영은 금방 대답하지 않았다. 즉답하기에는 너무 무거운 그의 표정— 한동안 침묵한 뒤 단영은 겨우 입을 열었다.

"내가 할 수 있는 일이라면 뭐든지 할게. 할 수 있다면."

"간단한 일이야, 단영. 그 난초를, 잠자는 난초를 내게 줘."

곁에서 듣고 있던 춘란은 경악했다. 어째서 명덕도 그 난초를 원하는 것일까?

"……한 촉이라면 가능해. 빌려주도록 하지. 꽃이 지면 돌려줘."

"그건 안 돼! 좀 더 내놔!"

"잠들고 싶다면 한 촉으로 충분해."

"나는 잠들고 싶은 게 아니야! 알잖아."

명덕은 단영의 어깨를 잡고 물어뜯을 기세로 말했다.

"난초를 넘겨. 대량으로 말이야. 그걸로…… 아버지를 죽일 거야."

춘란은 더더욱 혼란스러웠다. 죽인다? 아버지를? 그 난초로?

"난초로 사람을 죽일 수는 없어. 게다가 명괴 씨를 죽이다니? 무슨 소릴 하는 거야……?"

명덕은 냉정을 유지하려는 단영의 몸을 난폭하게 흔들었다.

"얼버무리지 마! 그 난초는 본래 살인 도구잖아! 나는 알고 있어. 네 선조는 대대로 그 난초를 사용하여 황제를 위해 사람을 죽였지. 암살자였어. 지난 황제도 네 부모님이 죽인 거 아닌가!"

지나치게 큰 충격에 춘란은 눈앞이 깜깜해졌다. 그 난초가 살인 도구? 단영은 암살자의 자식?

단영은 아무 말도 하지 않았다. 조금 전에 춘란과 마주했을 때와 마찬가지였다. 어느새 리 노인이 등 뒤에 서 있었다.

명덕은 의자에 앉아 독일에서 공수한 맥주를 마셨다. 그걸로 겨우 진정된 모양이었다. 춘란은 리와 함께 근처의 테이블에 앉아 있었다. 단영에게 묻고 싶은 것은 산더미처럼 많았지만, 지금은 명덕 쪽이 먼저였다.

"처음부터 이야기해줘. 명괴 씨와 무슨 일이 있었지?"

"처음부터라고? 아버지는 나를 싫어해. 어렸을 때부터 말이야. 형님이 살아 있었다면 나 같은 건 벌써 쫓겨났을 거야."

"그렇지 않아. 명괴 씨는 너도 사랑하셔."

"그런 마음에도 없는 말은 이제 지긋지긋해! 아버지가 나를 어떻게 생각하든 상관없어. 이대로라면 나는 아버지 손에 죽을 거야."

단영은 무언가를 반론하려다 명덕의 부은 눈을 보고 입을 다물었다.

"……당분간 우리 가게에서 지내면 어떨까? 여기서 공부든 일이든 하면 돼. 잠시 명괴 씨와 떨어져 있어야겠어."

"……취령과 헤어지게 만들었어."

명덕은 툭 내뱉었다.

"겨우 그녀가 나를 바라봐 줬는데, 아버지가 우리를 갈라놓았어. 그녀의 아버지도 청방의 아들과 교제하는 것은 반대라는 모양이야. 아버지 때문에 우리는 결혼도 할 수 없다고."

"결혼할 생각이었어?"

"실은 그날 밤부터 우리는 몰래 만났어. 저녁 때 취령이 몰래 저택을 빠져나오면 딱 한 시간 동안. 우리는 이제 마음이 통하고 있어. 이별은 생각할 수도 없어. 하지만 그것도 어제 그녀의 아버지에게 들켰고 나는 아버지에게 끌려갔지. 그래서 이 꼴이 되었어. 옷에 가려진 부분은 훨씬 더 심해."

곁에서 듣기만 하던 춘란도 마음이 아팠다. 그 교만한 소녀가 명덕을 위해 그렇게까지 하다니.

"단영, 나는 취령을 위해 황룡단에서 빠져나오고 싶어. 제대로 된 일을 시작하고 싶어. 하지만 아버지가 살아 있는 한 불가능한 이야기야. 서두르지 않으면 취령은 다른 집으로 시집을 가게 될 거야."

단영은 한동안 잠자코 있었다. 물속에서 숨을 참고 있는 듯 괴로운 표정이었다.

"……너를 부모 살해범으로 만들 수는 없어."

이윽고 입을 연 단영의 말에 명덕은 흥분했다.

"왜지! 방금 한 설명으로 이해했잖아? 아버지와 나는 동시에 살 수 없어."

"그래도 난초는 넘길 수 없어. 내가 명괴 씨의 암살을 도울 수는 없으니까."

"단영— 이해해 줘. 그저 아버지를 죽일 뿐이라면 권총이든 칼이든 사용할 수 있어. 하지만 그래서는 여명괴의 원수가 되어 황룡단 녀석들에게 쫓기게 될 거야. 아버지도 아들이 총을 들이대면 슬플 테지. 난초로 잠든 채 죽는 것이 가장 좋아!"

춘란은 긴장했다. 마침내 난초 이야기에 다다랐다. 가장 듣고 싶은 부분이었다.

"잠자는 난초의 향기를 듬뿍 사용하면 잠든 채 죽는다고 하지……. 그것도 더할 나위 없이 행복하고 기분 좋게. 이 것만큼 편안한 죽음이 또 있을까? 나는 아버지를 괴롭게 하고 싶지 않아. 그래서 난초를 원해."

춘란의 무릎이 부들부들 떨렸다. 그 꽃은 그 정도로 무시 무시한 것이었단 말인가? 자신은 그것을 아버지께 드리려 고 했다─

"안심하세요. 잠자는 난초로 죽으려면 제법 많은 양이 필요하답니다─"

춘란의 동요를 알아챘는지 리가 작은 소리로 말했다.

"리 씨, 가르쳐 주세요. 저 꽃의 진짜 역할을요!"

"단영님께서 허락하신다면 말씀드리겠습니다. 지금은 명덕 씨의 마음을 진정시켜야 합니다."

눈을 홱 돌리자, 명덕은 단영에게 덤벼들며 소리를 지르 고 있었다.

"왜 안 된다는 거야! 너는 아버지보다 내게 붙겠다고 말 했잖아! 그건 거짓말이었나!"

"거짓말이 아니야. 나는 언제든지 네 편이야. 하지만 네 가 명괴 씨를 죽이게 내버려 둘 수는 없어. 너를 위해서."

명덕은 한동안 충혈된 눈으로 단영을 바라봤다.

"……그렇다면 네가 죽여줘. 나를 위해서."

마침내 입을 연 명덕의 얼굴은 유령처럼 무시무시했다.

"……그것도 못 해. 애초에 나는 암살술을 전수받지 않

앉어. 아버지도 어머니도 내가 어렸을 때 돌아가셨거든. 알
잖아?"

"그 환관은 알지 않아?"

명덕은 리 노인의 곁으로 가더니 가느다란 팔을 잡아 일
으켜 세웠다.

"이봐, 너라면 난초를 어떻게 사용하는지 알고 있겠지?
너는 그 때문에 난초를 지켰으니까. 네가 마지막 암살자잖
아?"

리는 명덕의 위협에도 온화한 표정에 변화가 없었다.

"저는 실제로 난초를 사용해 본 적이 없습니다. 구전으
로 배웠을 뿐이지요."

"그거면 돼. 가르쳐 줘."

"단영님의 명령이라면—"

명덕이 돌아보자 단영은 조용히 고개를 가로저었다.

"단영……."

일그러진 명덕의 얼굴은 당장이라도 울음이 터질 것 같
았다.

"이해해 줘. 나는 명괴 씨께도 신세를 지고 있어. 너와
마찬가지로 그분을 배신할 수는 없어."

"거짓말을 했군."

명덕은 천천히 단영 쪽으로 다가갔다.

"아니야. 나는 네 편이야. 믿지 못하겠다면 나는 죽이도
록 해. 그리고 난초를 가져가."

그 말을 듣자마자 춘란의 온몸에 오한이 느껴졌다. 단영이 죽는다? 그럴 수가……. 하지만 명덕은 단영의 옆을 빠져나가 비틀비틀 가게를 나섰다. 명덕이 사라지고 얼마 뒤, 마침내 단영은 한숨을 쉬며 의자에 앉았다.

"단영님."

리가 부르자 얼굴을 든 단영은, 그제야 옆에서 새파란 얼굴로 서 있는 춘란을 알아챘다.

"이런 때에 죄송합니다. 하지만, 난초가 살인 도구라니…… 사실인가요?"

단영의 표정은 지쳐 있었지만, 그럼에도 불구하고 아름다웠다.

"너를 속인 게 아니야. 나도 그 난초로 누군가를 죽여본 적은 없어."

"하지만……."

"난초에 관해서라면 리에게 묻도록 해. 나는 정말로 잘 몰라— 리, 춘란에게 자네가 아는 사실을 말해주게."

"모든 것을 말씀드려도 되겠습니까?"

"상관없어. 이제 와서 숨겨도 소용없겠지."

"알겠습니다. 자, 앉으십시오."

리의 재촉에 춘란은 다시 한 번 의자에 앉았다. 하지만 가슴 한 편에 걸리는 것이 있었다—

'아까, 그의 본심을 거의 들을 뻔했는데.'

그런 일이 있은 뒤에도 단영의 마음을 알고 싶어 하는 자신이 한심했다.

"어디서부터 말씀을 드려야 할까요—"

춘란의 앞에 리 노인이 살며시 앉았다. 그러고 있자 그는 마치 오래된 상아 인형 같았다.

"그 난초로 사람을 죽일 수 있다는 건 사실인가요?"

"사실입니다."

리는 시원스레 인정했다.

"그 난초가 류씨 가문을 찾아온 것은 아주 오래전— 본래 그 난초는 죽음의 골짜기라고 불리는 곳에 있던 것입니다."

서방의 깊은 산 속에는, 초봄에 흘러든 인간과 동물이 쓰러져 죽어간 죽음의 골짜기가 있었다고 한다.

"그 골짜기에 피어 있던 것이 잠자는 난초였습니다. 봄에 꽃이 피면 그 향기가 좁은 골짜기에 충만하여 그 향기를 맡은 동물이 죽었습니다. 메마른 토지에 시체가 스며들어 양분이 되었고, 그것이 난초를 키웠습니다."

류씨 가문의 선조께서는 황제의 명에 따라 그 골짜기를 탐색했다. 하지만 그것은 목숨을 건 여행이었던 모양이다.

"초반의 세 사람은, 죽음의 원인이 난초의 향기 때문임을 눈치채지 못하고 골짜기에서 죽었다고 합니다. 네 사람째에 마침내 원인을 알아낼 수 있었습니다. 난초의 꽃이 완전히 진 뒤, 그 분은 그것을 황도에 갖고 갔습니다. 그리고 류씨 가문은 대대로 잠자는 난초를 이어받았지요."

"그건 왜지요?"

"물론 황제의 수면을 돕는다는 이유도 있었습니다. 하지만 가장 큰 목적은 암살이었습니다. 이 난초를 사용하면 은밀하게, 아무런 흔적도 남기지 않고 죽일 수 있으니까요."

춘란은 오싹했다. 그런 특별할 것 없는 식물이 사람을 깔끔하게 죽이다니.

"안심하십시오. 난초로 죽으려면 좁은 방에 난초 열 촉을 늘어놓지 않고서는 불가능합니다. 한 촉으로는 편안히 잠들 뿐이지요."

"그렇군요……."

몰랐다고는 하나 아버지를 위험하게 만들 뻔했다.

"그럼…… 당신은 그 난초로 사람을 죽인 적이 없나요?"

춘란은 한 가지 마음에 걸리는 것이 있었다. 선(先)황제와 황태후에 관련된 일이다. 선황제는 젊었지만 돌연사 했고, 황태후가 죽은 것은 다음 날이었다. 병을 가진 황태후가 껄끄러운 사이였던 아들을 길동무로 삼았다는 소문이 돌았다.

"선황제께는 아무 짓도 하지 않았습니다. 마지막으로 난초를 사용한 것은 황태후님이셨죠. 황태후님께서 스스로에게 사용하셨습니다."

"뭐라고요!"

"선황제를 죽인 것은 분명히 황태후님이십니다. 조금씩

독을 섞었고, 그렇게 선황제가 돌아가신 다음 날에 난초를 사용하기로 결심하셨죠……. 황태후님께서는 아들인 선황제를 증오했지만, 역시 사랑하셨습니다. 선황제가 없는 세상에서 조금이라도 빨리 사라지고 싶다— 그렇게 말씀하셨지요."

춘란은 너무나도 비현실적인 이야기에 한동안 멍해졌다. 모든 것을 손에 넣었고, 화려한 의상에 몸을 감싼 황태후— 그분이 마지막으로 자신의 아들을 죽이고 난초에 감싸여 편안한 죽음을 맞이했다— 그것은 마치 옛날이야기처럼 기묘하고 아름다운 광경이었다.

"나는 황도를 몰라……. 나는 선황제와 황태후가 돌아가신 해에 태어났으니까."

"아버님과 어머님은 어떻게 되셨나요?"

"아버지는 몰라. 어머니는…… 상해에서 돌아가셨어."

춘란은 깜짝 놀랐다. 그러고 보니 그가 가족 이야기를 하는 것은 처음이었다.

"황태후가 돌아가신 뒤, 어린 황제의 후견인이 된 것은 황태후와 반목하던 분이셨습니다. 류씨 가문은 그분의 눈 밖에 나, 거의 모든 재산을 몰수당하고 황도를 떠나게 되었습니다. 단영님은 그 무렵에 아직 갓난아기셨지요."

단영은 샴페인 잔을 기울이며 먼 곳을 응시하고 있었다.

"처음에는 여유가 있었습니다. 귀족 지인 댁에 몸을 맡기고 바람의 방향이 바뀌기를 기다릴 셈이었죠. 그러나 국

내는 황폐해졌고, 여기저기서 혁명군의 반란이 일어나 류씨 가문의 사람들을 돌봐주던 분도 돌아가시게 되었습니다. 그리고 마음고생이 이어진 주인어른께서는 그곳에서 객사하셨습니다."

"당신은 줄곧 류씨 가문을 모셨나요?"

"네. 저는 궁전에 있었을 무렵부터 줄곧 난초를 돌봤습니다. 류씨 가문을 모시는 것 말고는 제가 갈 곳이 없습니다. 주인어른께서 돌아가시고 마님께서는 아직 세 살인 단영님을 안전하게 키울 만한 곳을 찾으셨습니다. 그리고 상해 행을 결심하셨지요."

춘란은 자신의 아버지를 생각하며 마음이 아팠다. 아이의 행복을 바라는 마음은 귀족도 평민도 마찬가지리라.

"따르던 하인들도 잇따라 없어졌습니다. 얼마 되지 않는 재산을 도둑맞기도 했지요. 상해에 다다랐을 무렵에는 거의 빈털터리였습니다."

리 노인은 거기서 말을 잘랐다.

"상관없어. 전부 다 말하라고 했잖나."

"알겠습니다― 상해에 도착한 저희들은 대단히 곤궁했습니다. 단영님을 양육하기 위해 마님은 기생집에 다니셨습니다."

예상하기는 했지만 마음이 괴로워졌다. 귀족 마님이 기생집에 몸을 던지다니 얼마나 괴로웠을까?

"마님께서는 대단히 아름다우셨고 귀족이기도 하셨기에

부자 손님들이 몰렸습니다. 하지만 첩으로서 저택을 얻기도 전에 마님은 병에 걸리셨지요—"

"그럴 수가."

"마님은 결국, 기생집에서 돌아가셨습니다. 그 기생집의 주인이 여명괴 씨였지요. 마님은 명괴 씨께 아직 어린 단영님을 맡겼고, 여 두목은 남은 단영님을 아들인 명덕님과 함께 키우셨습니다. 형제처럼 말이죠."

그래서 두 사람이 그토록 사이가 좋았구나. 단영에게 거절당하던 명덕의 얼굴이 떠올랐다.

"그것만큼은 기억하고 있어."

조용하던 단영이 말을 툭 내뱉었다.

"침대에 어머니가 누워계셨고 나는 그 아래에 있었지. 어머니께서 언제 돌아가실지 불안했어. 그 때 누군가가 들어왔어. 커다란 체구의 남자였지. 아마 그것이 명괴 씨였을 거야."

어린 단영이 홀로 어머니의 죽음에 떨고 있는 모습을 상상하자 괴로워서 견딜 수가 없었다.

"어머니는 그 남자에게 필사적으로 부탁하셨어……. '제발 부탁드립니다'라고……. 분명히 나에 관해서였겠지. 당신이 숨을 거두면 나는 고아가 되니까."

"그럼 명괴 씨는 어머님의 부탁을 들어주셨군요."

"아니."

단영의 말은 의외였다.

"명괴는 어머니의 부탁을 뿌리치고 나가려고 했어. 어머니는 침대에 엎드려 우셨지— 기생의 아이를 일일이 거둔다면 끝이 없다고 생각했을 거야……. 하지만 그곳에 명덕이 찾아왔어."

"네?"

"명덕은 아버지와 함께 기생집에도 종종 왔었어. 나와도 가끔씩 놀았었지. 그는 나를 위해 아버지를 설득해 주었어. 명덕은 나의 은인이야."

춘란은 단영에게 다가갔다.

"그런 일이 아니었다면 그의 부탁을 거절하지 않았을 거야……. 그를 위해서라면 뭐든지 할 텐데."

샴페인을 열었을 때 단영의 손이 멈췄고, 진녹색 병 속에서 거품이 허무하게 사라졌다.

"제가 이걸 마셔도 될까요?"

춘란은 마시다 남은 병을 가리켰다.

"상관없어. 새 잔을 가져오라고 하지."

"아니요. 이거면 돼요."

춘란은 단영이 사용한 유리잔에 샴페인을 따르고는 살며시 입을 댔다. 금색 액체는 부드럽게 혀를 찔렀다.

"어머님은 어떤 분이셨나요?"

"들은 그대로야. 어머니는 내가 네 살 무렵이던 해에 돌아가셨어. 거의 기억이 없지. 사진이라도 있었다면 좋았겠지만 어머니는 사진을 싫어하셨다는 모양이야. 고풍스러운 여성이었겠지."

"그렇군요……."

"기억하는 건 목소리뿐이야. 나를 명괴 씨에게 부탁하던 목소리, '제발 부탁드립니다', 동시에 명덕도 나를 위해 부탁했어. '부탁이에요, 아빠. 친구를 도와주세요'."

"……."

"어떤 인간이라도 평생에 한 번은 누군가를 위해 필사적일 때가 있어. 어머니도 명덕도, 그 때는 순수하게 나를 위해 빌어주었지. 득실을 따지지 않는 자기희생이었어. 그것이 없었다면 나는 길거리에서 죽었을지도 몰라."

"명덕 씨에게 그런 때가 있었군요."

"너도 그랬잖아?"

갑자기 그런 말을 들은 순란은 유리잔을 떨어뜨릴 뻔했다.

"제가요?! 그런 훌륭한 일은 하지 않았어요."

"아버지를 위해 난초를 원했잖아? 무모하게 가게로 숨어들어 몸마저 던졌지."

"……그건, 아버지가 저희들을 구해주셨기 때문이에요. 아버지는 저희들을 위해 토지도 조부모님도 버리고 도망치셨어요. 그래서 마음이 병들었고 아편에 빠지셨죠. 그것을 구하기 위해서예요."

"하지만 그때의 너는 순수했어. 누군가를 위해 필사적으로 호소했지. 내 어머니처럼."

어느새 단영의 눈이 춘란을 포착하고 있었다. 깊고 까만 눈동자였다. 그대로 빨려들 것 같았다—

"저, 저는."

"네가 싫지 않아."

단영은 시원스레 고백했다.

"네?!"

"네 마음도 기쁘지 않을 리가 없어— 하지만 나는 명덕과 명괴 씨를 섬기는 일을 최우선으로 생각하고 있어. 그 두 사람이 함께 번영하는 것이 나의 바람이야. 건강하고 밝게, 명덕은 아내를 맞이하여 아이를 낳고, 조직을 더욱 크게—"

"당신은요?"

춘란의 눈에 눈물이 맺혔다.

"당신의 행복은요? 당신은 자신의 가정을 가지지 않을 건가요?"

"가질지도 모르고, 가지지 않을지도 모르지. 명괴 씨가 누군가를 맞아들이라고 한다면 그렇게 할 거야. 명덕이 황룡단을 이은 뒤, 그에게 도움이 된다면 결혼해야지."

춘란은 조용히 눈물을 흘렸다.

"좋지 않다는 건 알아. 하지만 내 삶의 방식은 바꿀 수 없어— 난초는 네게 줄게. 그것을 내 마음이라고 생각해 줘."

눈물이 멈추지 않았다. 슬픔만이 아니었다. 난초는 단영의 정성스런 마음이었다. 그것을 겨우 이해했다.

"고마워요. 기쁘네요— 정말이에요. 그 난초는 정말로 귀중한 거잖아요."

"맞아. 가지고 간 뒤에도 남에게 말하면 안 돼. 도둑맞지 않도록 조심하고."

"알겠어요. 소중히 여길게요— 제가 키울 수 있을까요?"

"리에게 묻도록 해. 그다지 어렵지는 않아. 겨울에 눈만 조심하면 될 거야."

"알겠어요……. 분명히, 저도 할 수 있을 거예요."

단영이 삼 층으로 돌아간 뒤에도 춘란은 한동안 의자에 앉아 있었다. 마음은 신기하게도 고요했다.

자신의 마음은 제대로 전했다. 단영도 자신이 싫지 않다고 말했다. 그것만으로 좋았다. 그것만으로도 단영을 사랑하며 살 수 있을 것이다.

'맺어지지 않아도 좋아. 그 사람이 언젠가 누군가와 결혼해도 좋아. 나는 그를 평생 사랑할 거야.'

5장
사랑의 충돌

평온한 나날이 이어졌다. 가게로 복귀한 춘란은 용나 덕분에 영어에 제법 익숙해졌다. 선배들도 이제 춘란에게 심하게 대하지 않았고, 당연하지만 취령도 이제 가게에 오지 않았다.

"당신들은 요즘 어때?"

업무 중에 용나가 작은 소리로 물었다.

"어떠냐니? 평범해."

"그래? 그럼 됐어."

이제 춘란은 단영에게 안기지 않았다. 마음을 고백한 그날 밤부터 두 사람의 사이에는 신기한 긴장감이 생성되었다. 한 걸음만 더 다가가면 균형이 무너질 듯한……. 그래서 단영은 춘란을 방으로 부르지 않았고 춘란은 그의 방을 찾지 않았다.

"있잖아, 당신, 가게에 갇힌 건 아니지? 내일 백화점에 가지 않을래?"

"백화점?"

"상해의 백화점에서 세일을 하고 있어. 외제 천도 비단 구두도 반값이라고."

"비단 구두는 필요 없지만 가보고 싶다. 새 옷의 디자인이 보고 싶거든."

춘란은 벌써 본가로 돌아간 뒤의 일을 생각하고 있었다. 본가의 양품점 일을 도와, 장래에는 좀 더 가게를 키우고 싶다. 지금의 꿈은 그랬다.

"그럼 결정. 두 시에 데리러 올게."

두 사람의 대화를 몰래 엿듣는 자가 있었다. 선배 웨이트리스인 초(張)와 임(林)이었다.

다음 날, 춘란과 용나는 인력거를 타고 백화점을 찾았다. 가게 안은 대단히 혼잡해서 천천히 물건을 구경할 수도 없었다. 두 사람은 손수건을 한 장씩 산 뒤 지쳐서 벽 쪽에 웅크리고 앉았다.

"굉장하다. 이렇게 북적이다니."

춘란은 이마에 밴 땀을 닦았다.

"상해인은 멋 부리기를 좋아한다는 말이 사실이구나."

"그러게. 본가에 오시는 손님들도 계절마다 새 옷을 사거든."

"목마르다. 밖에서 차라도 마실래? 백화점 안은 비싸니까."

"그래, 가자."

두 사람이 일어났을 때, 검은 신사복을 입은 남자가 다가왔다.

"안녕하세요, 춘란 씨."

"당신은……."

그 남자는 후취령과 함께 있던 젊은 남자였다.

"지금 취령 씨도 백화점에 계십니다."

"네?"

"괜찮으시다면 귀빈실에서 쉬지 않으시겠습니까? 취령 씨는 이 백화점 오너의 따님과 친구시거든요."

춘란은 망설였다. 취령은 왜 자신과 만나고 싶어 하는 걸까? 아직 단영에게 미련이 남았나? 하지만 명덕의 모습으로 보건대 그녀는 이미 그의 연인 같았는데…….

"어떡할 거야? 무시하는 게 좋지 않을까?"

용나가 걱정스레 소매를 끌었다.

"하지만."

"나는 좀 걱정스러워. 어제 우리 뒤에 초와 임이 있었어. 분명히 그 두 사람이 취령에게 보고한 게 틀림없어. 취령은 당신을 기다리고 있었던 거야."

하지만 춘란은 도망칠 마음이 들지 않았다. 취령이 신경 쓰였기 때문이다. 명덕을 진심으로 사랑하는지—

"알겠어요. 갈게요."

"좋아. 당신이 간다면 나도 갈게."

"고마워, 용나."

"괜찮아. 이런 때가 아니면 언제 귀빈실에 가보겠어?"

귀빈실 문을 닫자 백화점의 소란스러움이 사라졌다. 넓은 방에 진홍빛 소파 네 개가 놓여 있었고, 그중 하나에 취령이 앉아 있었다.

"오랜만이네."

며칠 만에 만난 소녀는 전혀 다른 모습이었다. 감색 유니폼은 여숙에서 입는 옷일까? 머리카락을 하나로 묶고, 화장기 없이 까칠한 얼굴은 그 나이에 맞게 앳되었다.

"잘 왔어. 않아."

호화로운 소파에 앉자 두 사람 앞에 꽃이 그려진 주전자가 운반되었다. 인도에서 온 홍차인 모양이었다.

"용건이 뭐야. 얼른 말해."

"용나 씨, 미안하지만 춘란과 단둘이 있게 해주겠어?"

"그럴 수 있을 리가 없잖아!"

"부탁이야……. 중요한 이야기거든."

놀랍게도 취령의 눈에는 눈물이 고여 있었다. 기가 센 용나도 움찔 하지 않을 수 없었다.

"알았어……. 하지만 취령에게 이상한 짓 하지 마. 개점 시간까지 춘란이 돌아오지 않으면 류 씨께 말할 거야."

"고마워. 백화점에서 마음에 드는 물건을 고르도록 해. 내 이름으로 달아두면 돼."

"됐어. 그런 짓을 했다가는 친구를 팔게 될 텐데?"

용나는 분연히 일어나 밖으로 나갔다.

"당신을 만나고 싶었어. 의논하고 싶었거든."

춘란이 홀로 남자 취령은 옆으로 와서 그녀의 손을 잡았다.

"명덕 씨와 사귄다는 건 사실이야?"

"사실이야. 고백하건대, 마지막으로 백화주점에 갔을 때는 아직 단영에게 미련이 있었어. 그에게 보여주고자 명덕과 함께 갔지. 하지만 그 뒤……."

취령의 손목은 메마른 나뭇가지처럼 가냘팠다.

"아버님께 얻어맞는 명덕을 보고 나는 정말로 슬펐어. 우리 아버지도 마음에 들지 않는 점이 있으면 나와 어머니를 때리지. 돈은 있지만 폭군이야. 나와 그는 닮았어."

"하지만 당신의 아버님은 그와의 교제를 반대하시잖아?"

취령은 고개를 끄덕였다.

"아버지는 청방의 아들이라며 논외로 삼고 있어. 하지만 그런 건 장애가 되지 않아. 여차 하면 모든 것을 버리고 명덕의 곁으로 가면 되니까."

"야반도주할 셈이야?!"

"지금은 무리야. 명덕의 아버님도 반대하고 계시니까."

춘란은 가슴이 철렁했다. 그녀를 위해 명덕은 친아버지를 암살하려 하고 있었다— 그녀는 그 사실을 알고 있을까? 기분을 진정시키기 위해 홍차를 한 모금 마셨다.

"취령, 안달해서는 안 돼. 지금은 양가의 아버님께서 반대하시지만 시간을 들이면 분명히 알아주실 거야. 우선은 해야 할 일을 분명하게—"

취령은 필사적으로 호소하는 춘란을 똑바로 바라보았다.

"당신의 아버님은 다정한 분이시지……?"

"왜 그래, 취령?"

"아버지는 이미 내 혼담을 진행 중이야. 돈이 많고 집안이 좋으면 아무리 나이가 많아도 상관없대. 불량스러운 딸을 얼른 정리하고 싶은 모양이야."

춘란은 말을 잃었다.

"그건…… 미안해. 내가 할 수 있는 일이 있다면 좋겠지만."

"그거, 정말이야?"

취령의 커다란 눈동자가 마침내 빛을 되찾았다.

"물론이야. 당신을 원망하지 않아. 불행해지길 바라지도……."

"그렇다면 그 난초를 받아와줘."

뒤통수를 얻어맞은 느낌이었다. 그녀는 명덕의 암살 계획을 알고 있었다!

"안 돼! 그건 단영이 확실하게 거절했어!"

"그러니까 당신에게 부탁하는 거야. 난초를 가져와줘. 당신이라면 할 수 있잖아?"

"무리야. 난초가 있는 방의 열쇠는 리 씨가 갖고 있어. 애초에 그럴 생각도 없고."

"나를 도와주겠다고 말했잖아!"

"할 수 있는 일이라면. 명덕 씨에게 편지를 전해주는 정도의 일 말이야. 살인을 도울 수는 없어."

취령은 천천히 일어섰다.

"그렇게 말할 줄 알았어."

"뭐?"

"신경 쓰지 마. 방금 그 말은 해본 것뿐이야. 진심으로 부탁한 게 아니라."

"그렇구나……."

춘란은 안심하고 홍차를 한 모금 더 마시려 했다. 하지만 어쩐지 이상했다. 손잡이를 잡은 손가락이 떨렸다.

"취, 령……? 어쩐지, 갑자기 기분이."

앉지도 못한 채 춘란은 소파에 쓰러졌다.

"미안해. 빈혈인가? 현기증이……."

자신을 들여다보는 취령의 얼굴에서, 춘란은 지금의 상황을 이해할 수 있었다.

"안심해. 아편이 아니니까. 한동안 잠이 들 뿐이야."

"다, 당신……!"

"처음부터 당신이 할 수 있을 거라고는 생각지 않았어. 난초를 손에 넣으려면 단영을 무너뜨려야 해. 당신은 그걸 위한 먹잇감이지."

그 말의 의미를 이해하기 전에, 춘란은 강력한 수면제로 인해 의식을 잃었다.

눈을 뜨자 이미 저녁때였다. 춘란은 의자에 앉은 채 몸이 밧줄로 묶여 있었다.

어딘가의 빌딩인지 창문으로 상해의 네온이 보였다.

그리고 눈앞에는 명덕과 취령.

"미안해, 춘란. 여성에게 난폭하게 구는 건 싫어하지만."

명덕의 얼굴은 지쳐 있었지만 묘하게 차분했다.

"나도 사과할게. 미안해. 지금은 당신이 싫지 않아."

"대체 어쩔 셈이죠……?"

아직 사라지지 않은 수면제 기운 때문에 춘란은 구역질이 났다.

"너를 인질로 단영에게서 난초를 빼앗을 거야."

"뭐라고요?"

"지금 백화주점에 심부름꾼을 보냈어. 너를 구하고 싶으면 아버지를 죽일 수 있을 만큼의 난초를 갖고 오라고."

마침내 일의 전말을 이해한 춘란의 얼굴에 기묘한 미소

가 번졌다.

"뭐가 웃기지?"

"그만두는 게 좋을 거예요, 명덕 씨. 저를 볼모로 난초는 빼앗을 수 없어요. 헛수고라고요."

"어째서?"

"단영은 저를 사랑하지 않는걸요. 기껏해야 익숙한 기생 정도로 인식하려나요? 정은 들었을지도 모르지만 난초와 교환하다니 말도 안 돼요."

"거짓말!"

"거짓말이 아니에요. 그 사람은 분명히 말했죠. 저를 사랑할 마음은 없다고요."

명덕은 재킷 주머니에서 무언가를 꺼냈다.

"난초가 오지 않을 시에는 너를 죽이겠다고 말한다면?"

들이댄 것은 권총의 총구였다. 춘란의 얼굴에 핏기가 가셨다.

"……그런다고 해서 당신이 도망칠 수 있는 건 아니에요."

"그게 뭐? 난초를 손에 넣지 못하면 어차피 우리는 끝이야."

"우리는 이미 각오를 했어."

취령이 기묘하게 또박또박한 목소리로 말했다.

"취령, 성급하게 굴지 마. 나를 죽이면 당신도 감옥행이야. 그렇게 되면."

"아버지는 깜짝 놀라시겠지. 통쾌할 거야."

취령은 명덕을 향한 사랑과 아버지를 향한 반발로 머리에 피가 솟구쳐 있었다.

"나는 명덕을 위해서라면 목숨도 버릴 거야. 사람도 죽일 거고. 그것이 진정한 사랑이야. 그렇지 않아?"

"취령……."

크게 감동한 명덕은 취령을 끌어안고 입을 맞췄다.

"취령, 명덕을 사랑한다면 그를 설득해야지. 이대로라면 두 사람 다……."

"시끄러워. 목숨을 구걸할 거면 좀 더 조신하게 해봐."

"목숨을 구걸하는 게 아니야. 나는……."

"그렇다면 입 다물어. 만약 오늘 밤에 단영이 오지 않는다면 어차피 너는 죽어."

죽는다―

이 단어를 들어도 춘란의 마음은 이상하게 평온했다.

어차피 단영과는 맺어질 수 없으니까.

살아 있어도 희망은 없으니까.

자신이 이런 생각을 하다니 놀라울 따름이었다. 고작 실연했다고 죽음을 생각하다니― 하지만 이것이 지금의 솔직한 기분이었다. 물론 부모님과 오빠가 마음에 걸렸다. 하지만 지금 그녀의 마음속에 가장 크게 자리한 이는 단영 오직 한 사람―

'어차피 그 사람은 오지 않아……. 내가 여기서 명덕에

게 살해된다면, 최소한 약속을 지켜서 난초를 아버지께 전해주려나? 그것만 지켜준다면—'

"죽이고 싶으면 죽이도록 해."

각오를 한 춘란은 날카로운 눈으로 명덕을 바라보았다.

"하지만 죽인 뒤에 시체는 어떻게 할 거죠? 취령이 피투성이인 나를 옮기기는 무리에요. 당신 혼자 옮길 셈인가요? 빌딩에서 내려가는 것만도 큰일일 텐데요?"

"나를 깔볼 셈인가?"

"깔보는 게 아니에요. 걱정할 뿐이지요. 이 틈에 아버님의 부하를 불러두는 게 좋지 않을까요?"

"닥쳐!"

명덕은 권총을 쳐들고 춘란의 얼굴을 때리려 했다. 저도 모르게 눈을 감았다. 무의식중에 사랑하는 남자를 부르고 있었다.

'단영!'

"……기다려!"

취령이 명덕의 팔을 잡았다.

"이거 놔! 죽이지 않아. 그저 이 걸레에게 따끔한 맛을 보여주려는 거야."

"아니야. 누군가 올라오고 있어……."

귀를 기울이자 계단을 오르는 발소리가 들렸다. 그 규칙적인 발소리는 익숙했다. 백화주점의 복도에서 몇 번이나 들었던—

'하지만, 거짓말, 그럴 수가⋯⋯!'

그것은 보고 싶지 않기도 하고 애타게 기다리기도 한 인물이었다. 낡은 빌딩의 문을 열고 단영이 홀로 들어왔다.

"단영⋯⋯."

명덕은 제 입으로 불러놓고도 한동안 멀뚱히 서 있었다.

"명덕, 네 말대로 혼자 왔어."

"난초는 어디 있지?"

단영은 한동안 입을 다물었다.

"어떻게 된 거야? 너와 사람을 죽일 만큼의 난초가 필요하다고 했잖아. 그게 춘란과의 교환 조건이야."

"명덕⋯⋯. 난초는 무리야. 요전번에 말했던 대로야. 네가 명괴 씨를 죽이게 둘 수는 없어."

명덕의 얼굴이 점점 일그러졌다.

"그렇다면 네 여자를 죽일 뿐이야."

총구가 춘란의 이마에 닿았다.

"그만둬."

"호오, 역시 이 여자가 아까운 모양이로군. 사랑하지 않는다는 건 거짓말이었나 봐."

"그녀는 내 여자가 아니야. 죽여 봤자 소용없어."

그것은 춘란을 구하기 위한 방편이었는지도 모른다. 하지만 춘란은 괴로웠다. 차라리 자신의 것이라고 말하고, 그 말 때문에 죽어도 좋았다.

"그 말이 진심인지 아닌지 어떻게 확인하면 좋을까?"

관자놀이에 들이댄 총구는 춘란의 머리를 꽉 눌렀다.

"명덕."

"이유는 무엇이든 상관없어. 너는 난초를 갖고 오지 않았어. 그렇다면 이 여자를 죽일 뿐이야."

"그런 짓을 한다고 뭐가 바뀌지?"

"시끄러워! 내가 이렇게 괴로운데, 너도 한 번 괴로워해 봐!"

명덕의 목소리는 울먹이고 있었다.

"명덕!"

"왜지? 너는 왜 변한 거야? 예전의 너는 나를 가장 먼저 생각해 줬어. 나의 가장 친한 벗이었잖아. 왜 내 바람을 들어주지 않지? 나보다 소중한 것이 생긴 건가?"

"아니. 지금도 나는 너를 가장 먼저 생각해. 명괴 씨를 죽이는 일은 너를 위해……."

"변명은 지긋지긋해!"

귓가에서 격철이 떨어지는 소리가 났다. 춘란은 각오를 했다. 눈을 꼭 감고 마지막 충격에 대비했다.

"명덕!"

하지만 아무리 기다려도 자신의 머리는 날아가지 않았다. 춘란은 천천히 눈을 떴다. 명덕은 자신에게 권총을 들이댄 채 굳어 있었다. 그리고 단영이— 단영도 총을 들고 있었다. 그 총구가 향한 곳은 명덕의 얼굴이었다.

"단영……."

명덕은 멍하니 친구의 얼굴을 바라봤다.

"명덕, 총을 내려놔."

단영의 얼굴은 전에 없이 슬퍼보였다.

"단영, 나를 쏠 건가? 나를 죽일 거야?"

"아니. 그런 짓은 하고 싶지 않아. 네 손을 멈추고 싶을 뿐이야."

단영은 총구를 명덕의 다리에 겨눴다. 그래도 명덕은 총을 내리려하지 않았다.

"쏠 수 있나? 네가 나를?"

"쏘고 싶지는 않아. 하지만 어쩔 수 없어."

"먼저 이 여자를 쏘면 어떻게 할 거지?"

단영은 처음으로 말문이 막혔다.

"역시 너는 나보다 이 여자가 소중해졌군. 내가 어떻게 되든 너만 좋으면 그만인 거였어."

"아니야. 증거를 원한다면 그 총구를 내게 겨눠봐."

명덕이 총구를 단영에게 겨눴다. 순간적으로 두 사람은 서로에게 총구를 겨눈 모습이 되었다.

그리고 단영은 조용히 권총을 내렸다.

"단영!"

그렇게 외친 것은 결박된 춘란이었다. 단영이 총에 맞는다고 생각하자 가슴이 미어질 것 같았다.

"제발 쏘지 마세요!"

춘란은 의자 위에서 필사적으로 발버둥 쳤다. 하지만 명덕의 얼굴에는 아까까지의 기백이 사라져 있었다.

"단영, 내 손으로 너를 죽이게 할 셈이야?"

"이상한가? 네가 명괴 씨를 죽이게 둘 바에야 내가 죽겠어. 그걸로 네 눈이 뜨인다면 바랄 게 없지."

"나는 진심이야!"

"아니. 지금의 너는 제정신이 아니야. 자신을 위해 사람을 죽일 만한 녀석이 아니었어……. 어렸을 적 나를 구해준 것은 바로 너잖아."

명덕은 호흡조차 얕아진 모양이었다.

"네 본질은 선량해. 부모를 죽이고 아무렇지도 않게 살아갈 리가 없어……. 그러니까 다시 생각해. 냉정해지라고."

명덕은 비틀거리며 권총을 내려놓으려 했다.

"안 돼!"

그 때 취령이 격하게 소리쳤다. 그녀는 재빨리 명덕의 곁으로 가 그 팔을 받쳤다.

"잊었어? 나는 이제 곧 결혼하게 될 거야. 나를 손에 넣고 싶으면 지금 해야 돼!"

연인의 말에 명덕은 다시 한 번 권총을 쥐고 춘란을 겨눴다.

"명덕!"

"하마터면 속을 뻔했어. 내가 너를 쏠 리가 없다고 생각하고 일부러 이런 짓을 하게 만들었나? 그 정도로 이 여자가 소중한가?"

단영은 입을 다물었다. 춘란은 그 침묵만으로도 기뻤다. 아주 조금이나마 자신이 그의 마음에 남아 있었다…….

"단영, 저는 내버려 두고 도망치세요."

"입 다물어!"

취령이 춘란의 뺨을 때렸다. 춘란은 굴하지 않고 그들을 바라봤다.

"취령, 그를 사랑한다면 다시 생각해. 이런 짓을 해서 하나가 된들 결국 행복해질 수 없어. 단영이 도와줄 테니 지금은."

"입 다물라고 했잖아!"

명덕이 권총으로 춘란을 때리려 했다. 그리고 그다음 순간, 방 안에 총성이 울려 퍼졌다.

단영이 명덕의 발치를 쏜 것이다.

"단영!"

화가 난 명덕은 단영에게 총을 겨눴지만 단영은 기죽지 않았다.

"다음에는 다리를 쏘지. 그게 싫다면 나를 쏴. 어차피 너는 난초를 손에 넣지 못해. 내가 죽었다는 사실을 알면 리는 난초를 불태우고 자해하겠지."

명덕의 단정한 얼굴이 분노로 붉게 물들었다.

"역시 이 여자가 나보다 소중하군. 너도 별수 없는 남자였어……."

그리고 그의 총구는 춘란의 머리에 닿았다.

"명덕……."

"아무래도 우리들의 미래에 희망은 없는 것 같아. 하지만 이대로는 못 끝내. 너희들의 미래도 빼앗아주지."

춘란은 그 말의 의미를 깨닫고는, 이번에야말로 진심으로 두려워졌다.

"우리는 헤어지게 될 바에야 죽겠어. 그리고 그 뒤에 너희들이 태평하게 산다는 건 참을 수가 없어. 너를 죽이기보다 이 여자를 죽이는 편이 나을 것 같아."

"그건 아니야. 그녀는 그저…… 그저……."

"그저 뭐?! 너는 이 여자에게 빠졌어. 그게 아니라면 구하러 오지 않았겠지!"

"아니야!"

"아니, 맞아. 여자에게 빠져 목숨이 아까워진 거야. 예전의 너라면 나를 위해 기꺼이 죽었을 것을!"

머리를 노렸음에도 춘란의 눈은 단영의 얼굴에서 떨어지지 않았다. 그가 자신을 사랑한다는 사소한 증거를 원했다. 한순간이라도 좋으니 자신을 봐주길 바랐다. 그것을 안다면 다음 순간에 머리가 날아간대도 상관없었다.

하지만 단영은 굳은 표정을 풀지 않았다.

"어쩔 수 없지. 널 쏘겠어."

"쏘도록 해. 하지만 다리는 안 돼. 그걸로는 나를 막을 수 없을 거야. 머리나 심장을 쏴. 나를 죽이지 않으면 이 여자를 구할 수 없어."

단영의 얼굴이 더욱 더 하얘졌다.

"낯빛이 변했군. 과연 나와 여자 사이에서 갈등이 되나? 조금쯤은 나에 대한 우정이 남아 있군그래?"

"나는 지금도 네 벗이야. 네가 어떻게 생각하든."

방아쇠를 쥐는 기척이 느껴졌다. 이제 틀렸다. 자신은 이제 살지 못할 것이다—

'최소한 단영의 마음을 안다면 미련 없이 죽을 수 있을 텐데.'

춘란은 이제 눈을 감지 않았다. 끝까지 사랑하는 남자를 보고 싶었다. 긴 흑발의 아름다운 남자—

'단영, 당신이 나의 유일한 남자라 다행이에요.'

춘란은 단영을 물끄러미 바라봤다. 단영이— 한순간 이쪽을 봤다. 까맣고 길게 찢어진 눈동자에 떠오른 표정은—

'부탁이에요. 아주 조금이라도 가엾게 여겨줘요. 나를 사랑스럽다고 생각해줘요……!'

춘란은 오로지 그를 바라봤다. 단영도 춘란에게서 눈을 피하지 않았다. 영겁과도 같은 시간—

'……응?'

춘란은 갑자기 위화감을 느꼈다. 단영의 등 뒤에 있는 방문이 바람에 나부끼는 어렴(궁궐에서 치는 발)처럼 소리 없이 열렸다. 그 뒤에서 나타난 것은—

"앗⋯⋯."

춘란 다음으로 그 기척을 알아챈 이는 명덕이었다. 그 얼굴
이 점점 일그러지며 공포의 빛이 퍼졌다. 취령도 귀신을 본
양 겁내며 명덕에게 매달렸다.

"명덕⋯⋯ 나는 믿고 싶지 않았다. 네가 나를 죽이려 한
다니⋯⋯. 사이는 좋지 않더라도 마지막 정은 남아 있다고
생각했는데."

문 뒤에서 나타난 이는 여명괴— 황룡단의 두목이며 거
대한 권력을 가졌지만 지금은 한 사람의 아버지였다.

"단영— 너, 아버지께 말했군."

"아니. 나는 명괴 씨께 아무 말씀도⋯⋯."

"단영이 아니다. 네 모습이 이상하다는 것은 전부터 알
고 있었다. 오늘 일을 내게 가르쳐준 것은 네 부하다."

명괴는 지팡이를 짚으며 천천히 방으로 들어왔다.

"아버지⋯⋯."

명덕도 아들의 얼굴로 돌아와 있었다. 그 커다란 눈에 눈
물이 맺혔다.

"용서해 주세요, 아버지— 저는⋯⋯ 아버지를 좋아했습
니다. 아버지께 칭찬받고 싶었어요. 하지만 아버지는 늘 엄
하셨고⋯⋯."

권총을 내팽개친 명덕은 아버지 앞에 무릎을 꿇었다. 그
리고 아이처럼 엉엉 울었다.

"명덕⋯⋯ 나는 네게 지나치게 기대를 했는지도 모르겠

구나. 내게 남은 마지막 아들이니까."

반쯤 하얗게 센 수염을 기른 여명괴는 아들의 머리를 부드럽게 쓰다듬었다. 두 사람 사이에 부자의 정이 회복되었다…… 춘란에게는 그렇게 보였다.

하지만 재차 문이 열리며 여 두목의 부하가 뛰어 들어왔다. 그들은 우선 취령을 확보하고 순식간에 데려갔다.

"싫어어어! 명덕!"

취령의 가녀린 목소리가 멀리 사라졌다. 경악한 명덕이 그 뒤를 쫓으려 했지만 수많은 부하들에게 붙잡혔다.

"명괴 씨!"

얼굴이 파래진 단영이 소리쳤다. 명덕은 넋 나간 얼굴로 아버지를 바라봤다. 명괴는 깊은 주름이 새겨진 입가를 찡그렸다.

"저 계집은 아비에게 돌려보내마— 너를 홀린 걸레 같은 년. 사실은 벌을 주고 싶지만 저 계집의 아비 얼굴을 봐서 무사히 돌려보내 주지."

"아버지……."

"무사히 끝났다고 생각하지 마라, 명덕……. 너는 어쨌든 나를 죽이려 했다. 아비로서는 용서해주고 싶지만 두목으로서는 용서할 수 없다. 데려가."

"으아아아아! 싫어, 살려주세요! 아버지! 아버지!"

명덕은 도살장에 끌려가는 돼지처럼 발버둥 쳤다. 하지만 명괴의 부하들은 무자비하게 그를 계단 아래로 끌고 갔다.

"명괴 씨, 아드님을 어떻게 하실 겁니까⋯⋯?"

단영은 파랗게 질린 얼굴로 명괴에게 따져 물었다.

"어떻게 할 거냐고? 그런 건 자네가 알 바 아니네. 나는 그 녀석에게 큰 기대를 걸었었어. 몇 번이고 말이지. 그것을 모조리 배반한 건 그 녀석이야."

"하지만."

"자네는 명덕의 계획을 내게 알려주지 않았어. 그것은 그 녀석과의 우정 때문이라고 생각하겠네— 결국 난초를 넘기지 않았으니까. 하지만 두 번은 넘어가지 않아."

여 두목의 말에 단영은 침묵을 지키지 않을 수 없었다. 명괴도 밖으로 나가자 방에는 단영과 춘란만이 남았다.

춘란은 빌딩 앞에 세워둔 포드에 탔다. 운전석에는 단영이 앉았다. 그가 운전할 줄 안다는 것을 처음 알았다.

"⋯⋯."

무거운 분위기 속에서 춘란은 입을 열려고 하지 않았다. 이런 때에 무슨 말을 하면 좋을지 알 수 없었다— 하지만 차가 전진하는 방향을 알아채자 저도 모르게 말이 새어 나왔다.

"왜 이쪽으로 가시나요?"

"너는 이제 집으로 돌아가."

단영의 말은 권총처럼 춘란의 가슴을 관통했다.

"왜요!"

"난초는 나중에 집으로 보내줄게. 아무튼 너는 집으로 돌아가. 이제 가게에는 오지 않아도 돼."

묵묵히 앞을 보고 운전하는 단영의 옆얼굴이 차가워서 춘란은 혼란스러웠다.

"왜요?! 명덕과 취령에게 잡힌 일이라면 사과할게요. 하지만 이러시는 건……!"

눈앞의 신호가 빨간색으로 바뀌어 포드가 멈췄다.

"저는 앞으로 조금 더, 난초가 꽃을 피울 때까지만 당신 곁에 있으면 만족해요……. 그것조차 안 되나요?"

춘란은 눈물을 글썽이며 단영의 소매를 만졌다. 하지만 그는 그 손가락을 뿌리치고 기어를 조종했다. 시커먼 자동차가 다시 달리기 시작했다.

"이제 내 곁에 있지 말아줘. 너를 곁에 두면 특별한 여자라고 오해를 받을 거야. 이런 일이 또다시 생길지도 몰라. 그런 사태는 피하고 싶잖아?"

납치당하는 것쯤이야 별거 아니었다. 목숨을 노린대도 두렵지 않았다. 그의 곁에 있을 수 있다면— 조금 전에 명덕이 춘란의 머리에 권총을 겨눴을 때 두 사람은 마주보았었다. 그 때 무언가가 통했다고 생각했는데.

"저는 지금도 당신을 사랑해요……. 하지만 그렇게 생각하는 것조차 민폐라면."

그때 포드가 길 위에 멈췄다. 그곳은 춘란의 가게 근처였다.

"민폐야. 내게 여자는 필요 없어. 이전에 말했을 텐데."

단영은 운전석에서 내린 뒤 반대쪽으로 돌아가 춘란을 위해 차문을 열어주었다.

"감사, 합니다……."

"네 짐은 나중에 보낼게. 난초와 급료도 함께."

난초는 그렇다 쳐도 급료는 필요 없었다. 하지만 그것을 거절한다면 그에게서 받는 것이 아나 적어진다. 춘란은 조용히 고개를 끄덕일 뿐이었다.

"그럼 여기서 헤어지지. 짜이찌엔(또 보자)이라고 말하고 싶지만 이제 볼 일은 없겠지."

"Good-bye."

"응?"

"영어로 잘 가라는 뜻이에요. Good-bye, 안녕히 가세요."

"Good-bye."

"Nice meeting you."

단영은 두 번째 인사말을 따라하지 않았다. Nice meeting you, 만나서 반가웠어요.

"—짜이찌엔(또 보자)."

단영은 눈을 피하며 그렇게 말하고 재빨리 포드에 올라탄 뒤 출발했다. 상해의 어둠 속에서 붉은 테일 램프가 서서히 작아져 갔다—

어머니인 춘나는 심야에 돌아온 딸을 쉽사리 집에 들이려 하지 않았다.

"정말로 춘란이니? 정말이야?"

"정말이야. 부탁이야, 빨리 문을 열어줘. 추워."

마침내 집에 들어오자 잠옷을 입은 어머니와 오빠인 온전이 찜찜하다는 듯 춘란을 보았다.

"최근에 이 부근이 흉흉해져서 도둑인 줄 알았어. 대체 어떻게 된 거야?"

"가게를 그만두고 왔어."

춘란은 애써 밝게 말했다.

"뭐어?!"

"요리를 나르고 영어도 배울 수 있다는 말은 거짓말이었어. 줄곧 설거지와 청소만 했거든. 급료도 처음에 약속했던 액수의 절반이었고. 아무튼 약속했던 기한까지는 참아보려고 했는데 지배인의 음흉한 시선을 참을 수 없어서."

즉석에서 내뱉은 거짓말이었지만, 어쨌든 어머니와 오빠는 믿은 모양이었다.

"네가 돌아와서 다행이야. 아버지도 걱정하셨어."

"뭐? 아버지가 집에 계셔?"

춘란이 백화주점에 가기 전에는 거의 아편굴에 틀어박혀 있던 아버지가, 지금은 집에 돌아와 있다고 했다.

"아버지, 아편을 끊으려 하셔."

"정말?!"

"물론 금세 끊을 수야 없겠지. 지금도 괴로워하고 계셔. 하지만 적어도 다시 일어서려는 의지가 있으셔."

침실로 들어가자 말라비틀어진 아버지가 있었다.

"오늘 밤은 괜찮은 편이야. 최근까지 밤낮 없이 가위에 눌리셨거든."

"미안해, 오빠. 어려운 때에 집을 비워서."

"나도 할 수 있는 건 없었어. 결국은 아버지 스스로 극복하실 수밖에 없지."

잠든 아버지의 손을 살며시 잡았다. 얼마나 기력을 소모했는지 아버지는 일어날 기미가 없었다. 야위기는 했지만 그 뺨은 이전보다 혈기가 느껴졌다.

'아버지…….'

아버지를 위해 춘란은 잠자는 난초를 손에 넣으려고 했다. 모든 것을 바쳐서라도. 그 모든 것은 아버지를 아편에서 구하기 위해서였다. 하지만 돌아와 보니 아버지는 아무 도움도 빌리지 않고 자력으로 일어서고자 하고 있었다.

결국 자신이 한 일은 헛수고였다.

'아니야.'

아무것도 남지 않았어도, 이미 순결하지 않더라도, 그곳에 가길 잘했다. 그를 만나서 다행이다.

진심으로 그를 사랑했고, 지금도 사랑하고 있으니까.

춘란은 아버지를 위해 백화주점에 간 것이 아니라, 아버지가 자신을 그곳에 보내준 것이 아닐까 싶기까지 했다.

'고마워요, 아버지. 앞으로는 제가 보살펴 드릴게요.'

춘란은 머리숱이 적어진 아버지의 머리를 살며시 쓰다듬었다.

오랜만에 온 본가는 좁지만 정겨웠다. 춘란은 어머니가 만든 죽을 먹었고, 오빠는 바깥으로 일을 하러 갔다.

"오늘은 단골손님의 치수를 측정하러 갈 거야. 네가 돌아와서 참 잘됐어."

어머니도 일을 하러 갔고 가게에는 춘란 홀로 남았다. 아침 해는 제법 높이 떴고 왕래도 뜸해졌다.

"춘란!"

그때 가게에 뛰어든 이가 있었다. 그 인물을 보자마자 춘란의 눈에 눈물이 고였다.

"용나!"

어제 백화점에서 헤어진 뒤 보지 못한 용나가 일부러 가게에 찾아와준 것이다.

"아아, 다행이다. 무사했구나!"

"무슨 일이야, 용나? 이렇게 서두르다니."

얼싸안은 그녀의 몸은 얼마나 서둘렀는지 뜨끈뜨끈했다.

"바보! 당신은 결국 백화점에서 돌아오질 않지, 어제 늦게 돌아온 단영 씨는 당신이 그만뒀다고 할뿐 아무것도 가르쳐 주질 않잖아! 나는, 나는 당신이 납치당해서 죽은 줄로만……."

용나는 단숨에 말을 내뱉고는 엉엉 울었다. 그 모습을 보자 춘란의 눈물도 멈추지 않았다.

"걱정을 끼쳐서 미안해……. 이야기하려면 긴데, 가게를 그만둔 건 사실이야."

"뭐?"

춘란은 말할 수 있는 범위 내에서 용나에게 어젯밤 일을 설명했다. 명덕이 단영을 불러내기 위해 취령을 시켜 춘란을 납치한 것, 하지만 그것이 명괴에게 들켜 둘 다 끌려갔다는 것—

"그러고 보니 어젯밤에는 단영 씨도 이상했어. 홀에 전혀 얼굴을 비치지 않았지."

"……그래?"

이제 만날 수 없는 사람이라고는 하나 그 모습은 신경이 쓰였다. 명덕이 걱정되는 게 아닐까?

"……취령도 괜찮을까?"

"그딴 여자는 내버려 둬. 남자를 위해 당신을 위험에 빠뜨렸잖아."

"하지만 신경이 쓰여. 어떻게든 만날 수 없을까?"

"후씨 가문의 저택은 알지만 우리가 만날 수 있을 리 없잖아."

그때 일을 하러 밖에 나갔던 오빠 온전이 돌아왔다.

"여어, 안녕? 춘란의 친구야?"

"아, 네, 백화주점에서 함께 일했었어요."

"그렇구나. 편히 있다 가. 내가 가게를 볼 테니 찻집에라 도 다녀오지그래?"

"그러고 싶지만 취령이……."

춘란이 저도 모르게 신경 쓰이던 이름을 입 밖에 냈다. 하지만 오빠는 의외의 말을 했다.

"취령? 너, 후씨 가문의 아가씨를 알아?"

"오빠야말로 취령을 알아?"

"아니, 후씨 가문의 저택에는 가끔 드나드니까. 그 댁의 막내따님이잖아? 아름답기로 유명한."

온전은 가게 구석에 놓인 서류 가방을 가져와 뚜껑을 열었다. 그 속에는 립스틱과 향수병이 죽 늘어서 있었다.

"이런 물건을 가지고 부잣집을 돌고 있어. 시종들은 자 유롭게 쇼핑을 할 수 없으니 제법 잘 팔리지."

"부탁이야! 나를 후씨 가문에 데려가줘!"

춘란은 저도 모르게 오빠의 팔을 거세게 잡았다.

"그, 그야 상관없지만, 왜?"

"이유는 나중에 설명할게, 제발!"

결국 춘란과 용나는 오빠를 돕는다는 명목으로 후씨 가 문으로 향했다.

"당신은 정말 좋은 사람이야."

"좋은 사람이 아니라 내 마음이 편치 않아서 그래. 당신이야말로 어울려 주지 않아도 돼."

"괜찮아. 이렇게 됐으니 그 계집애를 한 번 더 만나서 어제 속인 일을 매도해 주겠어."

후씨 가문의 저택은 조계 안에 있었으며, 백화주점과 같은 서양식 건물이었다. 통용문으로 오빠가 시종을 불러내자 연배 있는 여성이 나타났다.

"어머, 온전 씨, 또 오셨네요."

"그게, 오늘 아침에 프랑스에서 도착한 향수를 입수했거든요. 이곳에 제일 먼저 가져오고 싶어서요."

"어머, 그래요? 지금은 다들 한가하니까 마침 잘 됐네요. 들어와요."

춘란과 용나는 온전과 함께 시종들의 대기실로 들어갔다. 그곳에는 여섯 명의 시녀들이 한가한 듯 수다를 떨다가 온전이 가져온 화장품으로 달려들었다.

"어머, 어쩜 이렇게 예쁜 병이 다 있을까!"

"그건 프랑스에서 막 들어온 향수예요. 백화점에서는 말도 안 되는 고가지만 저는 선원에게 부탁해서 특별히 싸게 받아왔어요."

온전이 유창하게 장사를 시작했다. 오빠가 이렇게 수완이 좋다니 의외였다.

"저기, 이 입술연지를 보여줘."

"아, 네, 여기 있어요."

춘란과 용나도 오빠를 흉내내 가며 접객했다.

"당신, 처음 보는 얼굴이네."

"네, 온전의 동생입니다. 잘 부탁드립니다."

"어머, 그래? 귀여운 여동생이네."

"감사합니다. 정말 멋진 저택이네요."

"그야 후씨 가문 하면 상해에서도 일이 위를 다투는 대지주니까."

"그…… 막내 아가씨도 미인으로 유명하시죠?"

큰맘 먹고 취령에 대해 물어보자 시종들은 얼굴을 마주 보며 미소 지었다.

"그야, 미인이지만."

"어마어마한 걸레야. 청방의 아들과 정을 통했지."

"어제 또 소동을 일으킨 모양이야. 정말 못 말리는 아가씨라니까."

"그런 딸은 쫓아내서 기생집에 팔면 좋을 텐데. 남자에 환장했으니 딱이잖아."

시종들은 한바탕 웃었고, 춘란은 가슴이 괴로워졌다. 취령은 제멋대로인 면이 있기는 하지만 알맹이는 순결한 아가씨다. 명덕을 진심으로 사랑하기에 그런 짓을 한 것이다.

자신만은 그녀의 마음을 알고 있었다……. 춘란은 그녀에게 그렇게 말하고 싶었다.

"용나, 나는 취령을 찾아볼게."

춘란은 작은 소리로 말했다.

"어떻게?"

"아무튼 이 방에서 나가야 돼……. 죄송합니다. 화장실을 쓸 수 있을까요?"

"시종용 화장실은 밖에 있어. 착각해서 주인님의 화장실에 들어가지 말아줘."

방을 빠져나온 춘란은 발소리를 죽이고 취령의 방을 찾았다. 짚이는 바가 있는 것은 아니었지만 아무래도 일 층은 거실과 주인 부부의 방인 모양이었다. 그 중 한 방에서 갑자기 날카로운 소리가 들렸다.

"시끄러워! 두 번 다시 내 앞에서 취령의 이름을 꺼내지 마!"

취령의 이름이 나왔기에 춘란은 깜짝 놀라 문가로 몸을 숨겼다. 이윽고 그 방에서 한 명의 남자가 나왔다.

"앗……."

"앗, 춘란!"

"당신은, 분명히."

그 남자는 백화주점에서 취령과 붙어 다니던 남자였다. 그의 부탁으로 춘란은 단영의 방에 있는 취령을 부르러 간 적도 있었다.

"춘란 씨, 이쪽으로 오세요."

그는 춘란의 손을 끌고 복도 구석으로 데려갔다.

"무슨 일이죠? 취령 씨는 괜찮은가요?"

"……아가씨는 여기 안 계십니다. 오늘 아침에 창문을 통해 저택을 빠져나가셨거든요."

"네?"

취령은 어제 부모님 앞으로 끌려왔을 텐데, 또 모습을 감췄다는 말인가?

"실은 저, 어젯밤에 취령 씨와 함께 있었어요. 명덕 씨도 있었지요. 그래서 상황은 알고 있어요. 취령 씨는 분명히 명덕 씨에게 간 거예요."

신사복 차림의 남자는 파랗게 질린 얼굴로 침묵했다.

"이제 취령 씨는 내버려 두세요. 그녀는 모든 것을 버리고 명덕 씨와 함께 있고 싶은 거예요."

"······실은 신경 쓰이는 점이."

"네?"

"저희 창고에는 채석장에서 사용하는 다이너마이트가 놓여 있습니다. 아가씨께서 사라진 뒤 재고를 확인해 보니 그게 몇 개 없어져서······."

춘란도 그 말이 뜻하는 바는 금세 알 수 있었다.

"어, 얼마나요?!"

"그다지 많지는 않습니다. 하지만 길거리에서 사용한다면 위험할 위력이지요. 작은 집 한 채는 날려 버릴 만한······."

"빨리 취령 씨를 찾아야 해요!"

하지만 남자는 파랗게 질린 얼굴을 떨굴 뿐이었다.

"왜 그러시죠? 분명히 명덕 씨와 함께 있을 거예요. 여두목께 연락해서······."

"주인어른께서는 여 두목께 많이 화가 나셨습니다. 어젯밤에 아가씨를 모셔온 두목의 부하가 주인어른께 무례한 말을 한 모양입니다. '걸레 딸년을 단단히 교육시키는 게 좋지 않을까요?' 라고 말이죠."

춘란은 할 말을 잃었다. 명괴는 취령을 싫어했다. 부하도 그 모습을 흉내 낸 것이 틀림없다.

"주인어른께서는 '너 때문에 청방 따위에게 모욕을 당했다' 며 아가씨를 때리고 방에 가두셨습니다. 그리고 오늘 아침, 다이너마이트와 함께 아가씨께서 사라지셨지만 주인어른께서는 찾으려 하지 않고 계십니다."

"어째서요?!"

"아마…… 이제 아가씨를 단념하셨는지도 모르겠습니다……. 이제 누구와 도망을 치든, 동반자살을 하든……."

거기까지 말한 남자는 눈물을 뚝뚝 흘렸다. 조금 전에 화를 냈던 건 취령의 아버지였나? 어쩌면 그는 취령에게 작은 감정을 품고 있었는지도 모르겠다.

"춘란 씨, 부탁드립니다. 이 일을 여 두목께 전해주세요."

"네엣!"

"지금 말씀드린 대로 저희들은 여 두목께 연락할 수 없습니다. 당신께서 아가씨의 일을 전해주지 않으시겠습니까? 다이너마이트에 관해서도요."

"저, 저도 여 두목과 이야기는."

"당신은 무리라도 백화주점의 류 씨라면 가능할 테지요. 당신께서 청해 주십시오. 부탁드립니다!"

심장이 크게 부풀어 올랐다. 이 자는 자신이 가게를 그만 둔 사실을 모르는 것이다—

'하지만.'

'이걸 구실로 한 번 더 단영을 만날 수 있을지도.'

"알겠어요. 어떻게든 해볼게요. 명덕 씨도 걱정되니까 요."

"감사합니다! 정말 감사해요."

신사복 차림의 남자는 눈물에 젖은 손으로 춘란의 손을 쥐었다.

용나와 함께 후씨 가문을 나선 춘란은 인력거를 찾기 위 해 번화가로 나갔다. 하지만 춘란의 발은 점점 느려졌다.

"왜 그래? 얼른 가게로 가자."

용나가 춘란의 손을 잡아끌었지만, 그녀는 이윽고 멈춰 서고 말았다.

"나는 역시 안 갈래."

"뭐라고?!"

"류 씨에게는 당신이 전해줘. 나는 이제 그곳에 가지 않 아."

"무슨 소리야!"

용나는 지나가던 인력거를 잡아 춘란을 강제로 태웠다.

"백화주점까지 가주세요. 당신, 돈은 갖고 있겠지? 없다면 도착해서 빌려."

"다, 당신은 가지 않아?!"

"농담 마. 나는 청방 같은 곳에 휘말리기 싫어. 당신이 끝까지 책임지도록 해. 얼른 가!"

인력거는 기세 좋게 달리기 시작했고, 상해의 거리가 뒤로 지나갔다.

아직 마음의 준비가 되지 않았다. 어제 그렇게나 결심을 하고 헤어졌는데 오늘 또 다시 만나야 한다.

아무렇지도 않게 있을 수 있을까?

삼십 분 만에 낯익은 백화주점의 문에 다다랐다. 춘란은 천천히 문을 통해 현관으로 걸어갔다.

'그 사람은 있을까?

만약 없다면 지배인인 요에게 말을 전해달라고 부탁할 셈이었다. 있었으면 좋겠다, 없었으면 좋겠다— 한 발을 내디딜 때마다 춘란의 마음은 요동쳤다.

문을 노크하자 하얀 셔츠 차림의 요가 나왔다.

"춘란 씨?! 당신은 그만두시지 않으셨습니까?"

"죄송합니다, 요 씨. 명덕 씨의 일로 긴히 드릴 말씀이 있어서요. 단영 씨는 계신가요?"

"계십니다……. 지금 모셔오겠습니다."

춘란은 가벼운 발걸음으로 계단을 올라가는 요를 물끄러

미 바라봤다. 저기서 그 사람이 내려올까? 단 하루 보지 못했을 뿐인데 이토록 그리운 사람이—

하지만 잠시 뒤 내려온 이는 요 한 명뿐이었다.

"죄송합니다. 류 씨는 이제 춘란님과는 만나고 싶지 않다고 하십니다. 말씀은 제가 전해 드리겠습니다……."

요가 굳은 표정으로 말했다. 그도 마음이 괴로울 것이다.

'나는 바보야. 이렇게 될 줄 알고 있었는데.'

그런데도 오고 말았다. 다시 한 번 만나고 싶어서— 어쩌면 또 다시 그에게 사랑받을 수 있지 않을까 싶어서.

"알겠습니다. 말만 전해 주신다면 괜찮아요. 저기, 빨리 전해주시길 바라요."

거기까지 말한 춘란의 입술은 얼어붙었다.

요의 뒤에 단영이 서 있었기 때문이다.

"류 씨?!"

돌아본 요도 깜짝 놀랐다. 단영이 손에 난초 한 촉을 들고 있었기 때문이다. 잠자는 난초였다.

"만나지 않을 셈이었지만 지금 이걸 건네주지. 이것만 유난히 빨리 꽃망울을 맺었더군."

그 화분에는 연녹색의 꽃망울이 맺혀있었다.

"앞으로 이삼 일이면 필 거야. 그러면 아버지의 침실에 두도록 해. 한 촉이라면 몸에 해는 없을 거야."

춘란은 그 가늘고 긴 화분을 받으려고 했다. 하지만 손이 떨려 그에게 뻗을 수 없었다.

"얼른 갖고 가. 나는 바쁜 몸이야."

"류 씨, 그렇게 재촉할 필요는. 춘란, 당신의 급료도 지불해야 하니 일단 가게로 들어오세요."

"쓸데없는 짓 하지 마, 요. 나는 얼른 명덕을 찾으러 가야 해."

"네?"

역시 명덕도 모습을 감췄다. 그렇다면 다이너마이트를 가진 취령과 합류했을 때 무슨 짓을 저지를지—

"잠깐 기다리세요. 명덕 씨의 일로 드릴 말씀이 있어요."

"너는 이제 관계없어. 우리 일에 끼어들지 마."

"아니에요! 취령이⋯⋯."

그때, 쿵 하고 무언가가 부딪치는 소리가 났다. 그곳에 있던 세 사람이 동시에 정원을 보았다.

"아얏!"

춘란은 눈앞의 광경을 믿을 수 없었다.

철로 만들어진 장미 문을 피한 시커먼 포드가 산울타리를 넘어 백화정원으로 침입하고 있었다. 흙먼지를 일으키며 곧은길을 달려왔다.

"으아아아!"

"저게 뭐야?!"

정원사들이 뿔뿔이 흩어져 도망갔다. 그 뒤로 네 개의 바퀴가 초목을 짓밟으며 돌진했다. 맞은편은 춘란 일행이 있는 현관이었다.

"명덕!"

단영이 외쳤다. 운전석에 있는 이는 틀림없이 명덕였다. 옆자리에 누군가의 그림자도 보였다.

"위험해요! 두 분 모두 안으로!"

속도를 줄이지 않는 포드가 문 쪽으로 달려왔다. 세 사람은 황급히 가게 안으로 뛰어갔다.

"꺄아악!"

빠직빠직 엄청난 소리를 내며 차 끝이 가게의 문을 날려 버렸다. 운전석에 있는 이는 역시 그 인물이었다.

두 사람은 조용히 앞좌석에 앉아 있었다. 운전석의 명덕은 날카로운 눈으로 단영을 노려보고 있었다. 조수석의 취령은 수수한 치파오에 화장기가 없었지만 지금까지 본 중에 가장 아름다웠다.

그리고 춘란만이 명덕의 재킷이 기묘하게 부풀어 있다는 사실을 눈치 챘다.

'다이너마이트다!'

"명덕……."

단영은 비틀거리며 친구 쪽으로 다가갔다. 명덕도 그를 응시하고 있었다.

"안 돼요! 그에게서 멀어지세요!"

춘란은 단영의 몸통에 달라붙어 떼어 놓으려 했다.

"이거 놔! 명덕이!"

단영은 달라붙은 가녀린 팔을 뿌리치려 했다. 하지만 춘란은 혼신의 힘을 다해 그를 바닥에 쓰러뜨렸다.

"무슨 짓이야?!"

"그는 다이너마이트를 갖고 있어요! 함께 죽을 셈이라고 요!"

"뭐……."

단영이 춘란의 말뜻을 알아채고 정색한 것과 격렬한 파열음이 일어난 것은 거의 동시였다.

공기가.

마치 공처럼 부풀며 몸을 때렸다.

이어진 파열음, 머리가 깨질 듯한 소리가 춘란을 덮쳤다.

그리고 무언가 단단한 것이 하반신에 닿아 깔렸다. 나중에 들은 바로는, 폭풍으로 날아간 차 문이 그녀에게 닿은 것이었다.

온몸을 바닥에 부딪쳐 의식이 날아갔다. 눈앞이 깜깜해졌다.

'단영…….'

곁에 있을 사랑하는 남자를 찾고 싶은데 눈꺼풀이 올라가지 않았다. 팔도 움직일 수 없었다.

자신의 몸조차 땅에 가라앉는 듯했다.

하지만 그 땅바닥은 따뜻하고 기분 좋았다. 이대로 묻혀버려도 좋았다. 그렇게 생각할 정도였다.

'단영…….'

그 사람은 무사할까? 이 세상에서 가장 사랑하는 사람.

설령 맺어지지 못하더라도 그 사람을 사랑해서 다행이다.

그렇게 아름다운 사람에게 잠시나마 사랑받아서 다행이다.

시들 것을 알면서도 매년 꽃은 피듯이.

설령 헤어지더라도 사람을 사랑하는 편이 낫다.

'이런 마음으로 죽는다면 나는 행복한 사람일지도 몰라—'

춘란이 의식을 완전히 잃기 직전, 따스한 땅바닥이 기우뚱 움직였다.

그것은 그녀의 아래에 있던 단영의 몸이었다.

"춘란…… 죽지 마……. 일어나. 아아, 피가, 춘란, 제발, 죽지 마……. 안 돼, 너를…… 사랑해……. 죽지 마."

6장
결실

창문에서 강가가 보였다.

밴드라고 불리는 강변의 고층빌딩 숲, 그 일각에 호텔이 있었다. 중국에 처음으로 생긴 서양풍 여관이었다.

그 꼭대기 층에 춘란이 잠들어 있었다. 백화주점의 홀을 날려 버린 사건이 일어난 지 일주일이 지났다.

상해에서 가장 이름난 가게가 폭파당한 사건은 큰 뉴스가 되었고, 그 원인이 청방의 아들과 대지주의 딸이 계획한 동반자살임이 알려지자 더욱더 큰 화제가 되었다. 연일 신문기자가 반파된 백화주점에 죽치고 앉아, 드나드는 사람들에게 인터뷰를 하려고 했다. 하지만 춘란의 이름이 나오는 일은 없었다. 다만 휩쓸린 웨이트리스가 큰 부상을 당했다고만 보도되었다.

강가가 보이는 호화로운 방에서 넓은 침대 위에 잠든 춘란의 몸은 붕대로 칭칭 감겨 있었다. 오른쪽 다리와 갈비뼈가 골절되었고, 멍과 상처가 무수했다. 뒤통수에도 상처를 입었다.

폭파 현장에서 즉시 병원으로 옮겨져 치료를 받았기에 목숨은 구할 수 있었지만 사흘 동안 의식을 회복하지 못했다. 눈을 뜬 뒤에도 약 이틀 간 고열이 이어졌고 마침내 증상이 진정되었을 무렵, 병실에 지배인인 요가 나타나 이 호텔로 옮겨주었다.

"뭐든지 말씀만 하십시오. 춘란 씨는 저희 가게의 사건에 휘말리셨으니까요."

호텔에서의 생활은 극진했다. 낮 동안에는 간호사가 붙어 돌봐주었고, 밤에도 베갯맡의 끈을 당기면 호텔 직원이 와주었다. 베갯맡의 꽃도 끊이지 않았다. 하지만 춘란의 가장 큰 바람은 이루어지지 않았다.

"단영 씨는 무사하신가요?"

"괜찮습니다. 류 씨는 사흘 동안만 입원하신 뒤 가게로 돌아가셨습니다. 당신 덕분입니다."

"그분을 만나고 싶어요. 얼굴을 보는 것만으로도 좋아요."

그렇게 말하자, 매일 얼굴을 비치는 요는 입을 다물고 고개를 가로저었다.

"지금은 가게의 뒤처리로 바쁘십니다. 죄송합니다."

"지금이 아니라면 언젠가는 와줄 건가요?"

춘란이 그렇게 추궁하자 요는 침묵했다.

요가 돌아간 뒤 춘란은 몸에 힘을 빼고 침대의 쿠션에 기댔다.

'이제 그 사람을 만날 수는 없을까?'

단영이 무사하다는 사실을 알았을 때는 진심으로 안도했다. 처음에는 그것만으로도 충분했다. 하지만 점점 보고 싶은 마음이 커졌다. 사람의 욕심은 끝이 없는 모양이다.

'하지만 지금은 분명히 슬픔에 잠겨 있을 거야. 가장 친한 친구가 죽었으니까.'

명덕은 왜 백화주점에서 취령과 동반자살을 한 걸까? 그저 두 사람이 죽고 싶은 것이었다면 어디라도 좋았을 텐데— 단영을 원망했기 때문일까? 지금은 도저히 모르겠다.

그리고 취령. 기묘한 인연으로 알게 되었지만 도무지 미워할 수 없는 아가씨였다. 단영에 대해서도, 명덕에 대해서도 아주 진지한 마음으로 접근했다. 마지막에 본 아름다운 얼굴을 잊을 수가 없었다.

명덕을 잃고 가게도 파괴된 단영이 어떤 심정일지 상상하기 어렵지 않았다. 따라서 만나고 싶다는 이야기를 할 때가 아닐지도 모른다.

하지만 만나고 싶었다. 한 번이라도 좋으니 그의 얼굴을 보고 싶었다.

이렇게나 그리운 것은, 이대로 이별할지도 모르기 때문일까?

상처가 나아 집에 돌아가게 된다면 끝이다. 그것을 두려워하기 때문에 이렇게도 보고 싶은 것일까?

'그건 꿈이었을까⋯⋯?'

춘란에게는 한 가지 마음에 걸리는 것이 있었다. 기절하기 직전에 단영이 자신에게 했던 말.

'사랑해.'

정말로 그런 말을 했을까?

기절한 사이에 꾼 꿈은 아니었을까?

'그래, 분명히 꿈일 거야. 그 사람이 그런 말을 했을 리가 없어. 오랫동안 잠들어 있었으니 그런 소망이⋯⋯.'

그때, 방문을 노크하는 소리가 났고 춘란을 돌봐주는 간호사가 분을 열었다.

"춘란!"

"어머, 오빠!"

그곳에 서 있던 것은 오빠인 온전이었다. 그는 침대에 누워있는 동생에게 달려가 뺨을 만졌다.

"아아, 정말로 너로구나. 다행이다. 살아 있었어⋯⋯!"

"가게에서 연락이 안 갔어?"

"왔어. 하지만 그런 말을 어떻게 믿겠어. '가게는 폭파되었고 동생 분은 부상을 당했지만 이쪽에서 치료를 하고 있습니다.' 라는 말만 들었을 뿐 면회도 할 수 없었지. 상대는 황룡단이니 어쩌면 너는 이미 죽었을지도 모른다고…….”

온전은 울먹였다.

“오늘은 백화주점의 지배인에게 부탁해서 이곳을 알아냈어. 아버지도 어머니도 걱정하고 계셔. 얼른 집으로 돌아가자.”

오빠의 말에 춘란은 가슴이 철렁했다.

“으, 응. 하지만 아직 상처가 낫지 않았으니 적어도 홀로 걸을 수 있을 때까지는.”

“무슨 소리야? 나와 어머니가 너를 돌봐줘야지.”

“하지만 가게도 봐야 하고…….”

“너, 여기서 나가고 싶지 않아? 그야, 우리 집은 이렇게 호화로운 호텔이 아니니까.”

“그런 뜻이 아니야! 나도 모두가 그리워. 다만…….”

온전은 조금 까칠해진 여동생을 물끄러미 바라봤다.

“너, 뭔가 숨기고 있지 않니?”

“응?”

“처음부터 이상하다 싶었어. 갑자기 백화주점 같은 고급 가게에서 일하고 싶다질 않나, 후 저택에 몰래 들어가질 않나……. 너, 청방의 동료가 된 거 아니야?”

“아니야!”

“그럼 남자라도 생겼어?”

그 말에 춘란은 저도 모르게 입을 다물었다.

“역시 그랬군……. 누구야? 청방의 남자야?”

"아니야……. 나는 좋아했지만 그 사람은 딱히 마음에 두지 않았어. 그러니까 이제 관계없어."

"그래……? 네게는 안 됐지만 차여서 다행이구나. 너는 멀쩡한 아가씨니까 무뢰한에게 걸려들지 마."

"알고 있어."

"뭐, 지금 당장 너를 집으로 데려가 돌봐주는 건 어려울지도 몰라. 아버지도 아직 제 컨디션이 아니시고. 조금 더 가게 측에 신세를 지도록 할까? 어차피 비용은 그쪽에서 낼 테니까."

"그래……. 부모님께 너무 걱정하지 마시라고 전해줘."

오빠가 돌아간 뒤, 춘란은 멍하니 창밖을 바라봤다.

'나는 왜 이곳에 머무르고 싶은 걸까?'

아까 오빠가 자신을 집에 데려가려 했을 때 어쩐지 저항했다. 불편한 몸으로 돌아가기를 주저한 것도 사실이지만 가장 큰 이유는 그것이 아니었다.

'역시 나는 단영을…….'

이 방에 있으면 언젠가는 단영이 찾아올지도 모른다. 춘란의 바람은 그것뿐이었다.

'헤어진대도 좋아. 마지막으로 한 번만 보고 싶어. 만나서 안녕이라는 말이 하고 싶을 뿐이야.'

부러진 다리를 살짝 움직였을 뿐인데 통증이 치달았다. 그 통증이 분한 춘란은 울먹였다.

"아파……."

"괜찮으세요? 의사 선생님을 부를까요?"

"아니요, 괜찮아요. 차 한 잔만 주시겠어요? 국화차가 마시고 싶어요."

"알겠습니다."

이 호텔에서는 인도에서 들여온 홍차나, 지금은 손에 넣기 어려운 질 좋은 중국차가 제공되었다. 찻잔에 핀 국화차의 꽃으로 그 가게를 회상하자.

메이드가 나가고 잠시 뒤, 소리 없이 천천히 문이 열렸다.

"어머, 빨리 왔네요……."

하지만 방으로 들어온 이는 메이드가 아니었다. 키가 크고 서양인 같은 남자, 머리카락은 짧았고 새 신사복 차림이었다.

'누구지?!'

처음에 춘란은 그 사람이 누군지 알지 못했다. 분명히 낯이 익은데……. 춘란은 그를 물끄러미 바라보며 자신의 기억이 하나의 상(像)을 떠올리길 기다렸다.

"건강해 보이네."

그 목소리를 듣자마자 춘란의 감정은 폭발했다.

"단영!"

그곳에 있던 것은 단영— 머리카락을 자르고 새 신사복을 입은 단영이었다.

단영은 천천히 방으로 들어와 침대 옆에 있는 의자에 앉았다. 춘란은 변한 그의 모습을 믿을 수 없었다.

등까지 닿았던 흑발을 싹둑 자르고 앞머리를 빗어 넘겼다. 옷차림도 전통적인 중국옷에서 자잘한 핀 스트라이프 신사복으로 변해 있었다.

"······."

춘란은 말을 잊은 듯 단영을 바라봤다.

"상처는 어때?"

단영이 다리를 꼬며 그렇게 물었을 때, 비로소 춘란은 입술을 열 수 있었다.

"네, 괜찮아요. 그보다······."

"그거 다행이로군."

단영은 가슴 주머니에서 궐련을 꺼내더니 은색 라이터로 불을 붙였다. 그러고 보니 그가 담배를 피우는 모습은 처음 봤다.

"가게는 어떻게 됐나요?"

"물론 휴업상태야. 난초 연회도 중지되었어. 날아간 건 일 층뿐이니 난초는 무사했지만."

"그렇군요······. 다들 다치지는 않았나요? 리 씨는······."

"다친 건 너와 나뿐이야. 그 밖에 부상자는 없어. 하지만 리는 죽었어."

"네?!"

"나도 사흘 정도 입원했었고 리가 곁에 있었어. 게다가 백화주점은 경찰 조사 때문에 일주일 정도 들어갈 수 없었지. 그사이에 난초에 꽃이 피고 말았어……. 저택에 돌아간 리가 문을 열었을 때는 방 안에 난초 향기가 충만했겠지. 그곳이 죽음의 골짜기가 된 거야."

"그럴 수가……."

춘란은 양손으로 입을 덮었다.

"하지만 리의 시체를 발견한 요의 말에 의하면 죽은 그의 얼굴은 더할 나위 없이 편안했다더군."

"……."

"줄곧 돌봤던 난초로 죽었으니 리도 만족스러웠을 테지."

훤히 드러난 단영의 눈동자는 연기 때문에 잘 보이지 않았다.

"당신은 괜찮으신가요?"

"뭐가?"

"명덕과 취령, 게다가 리 씨도 돌아가셨어요. 과거에 당신을 알던 사람은 모두 사라졌다고요."

"잃어버리는 일에는 익숙해."

단영의 표정은 변하지 않았다.

"아버지도 어머니도 잘 기억나지 않아. 고향도 벗도 잃었어. 너도…… 없어질 거야."

"네?"

"미안하지만 난초는 모두 꽃을 피우고 말았어. 남은 난초도 앞으로 돌볼 수 있을지 알 수 없어. 원한다면 가게에서 가져가도록 해."

"잠깐만요!"

춘란의 심장이 말처럼 뛰기 시작했다.

"제 마음은 아시죠? 아직 당신을 사랑해요. 만약…… 만약 당신에게 조금이라도 마음이 있다면 아직 곁에……."

말해 버렸다. 자신의 마음을 말하고 말았다. 단념했다고 생각했지만 사실은 조금도 단념하지 않았다. 그를 사랑하는 마음을.

단영은 한동안 춘란을 바라봤다. 그리고 두 개비 째의 궐련을 꺼냈다.

"거절할게."

"네?"

"너를 곁에 둘 수는 없어. 약속한 세 달이 지났으니 우리 관계는 끝이야."

세게 맞은 듯한 충격이었다. 이번에야말로 모든 바람이 무너졌다. 이걸로 끝……. 그 말이 뇌 속에서 계속 메아리 쳤다.

"안심해. 상처가 완치될 때까지 널 돌봐줄 거고 상응하는 위로금도 지급할 거야. 당분간 여기서 마음 놓고 생활하도록 해."

춘란은 단영의 담담한 말을 멍하니 듣고 있었다.

"지루하다면 신문이나 잡지라도 갖고 오라고 할게. 이제

어머니와 오빠를 불러도 좋아. 좋아하는 음식을 대접하도
록 해."

"……거짓말이에요."

"뭐라고?"

도박이었다. 만약 이것이 자신의 망상이었다면 그는 정
말로 멀어질 것이다. 하지만 춘란은 그것을 마음속에 품은
채 헤어질 수는 없었다.

"거짓말쟁이! 그때 저를 사랑한다고 했으면서! 죽지 말
라고, 사랑한다고 말했으면서! 왜 진심을 말해주지 않는 거
죠?!"

단영은 묵묵히 담배만 피웠다. 다만 그 끝이 희미하게 위
아래로 떨렸다.

"그런 말은 한 적 없어."

단영은 그 말만 하고 방을 나서려 했다.

"기다려요!"

춘란은 이불을 걷고 침대에서 내려가려 했다. 오른쪽 다
리는 아직 붕대와 부목으로 고정되어 있었다.

"뭐하는 거야!"

춘란은 불편한 다리로 필사적으로 일어섰다. 오른쪽 다
리는 바닥에 닿는 것만으로 격렬한 통증을 일으켰다. 하지
만 그녀는 한 발 한 발 단영에게 다가갔다.

"제발…… 기다리세요."

춘란은 단영을 향해 손을 뻗었다.

"저는 분명히 들었어요. 폭발로 날아갔을 때, 당신은 분명히 말했어요. 저를 사랑한다고."

단영은 아무 대답도 하지 않았다.

"함께 있지 않아도 좋아요. 여기서 헤어져도 상관없어요. 하지만 거짓말은 하지 말아요. 저를 사랑한다고 해줘요."

할 말은 다 했다. 춘란에게는 이제 아무런 패도 남아 있지 않았다. 단영이 자신을 사랑하지 않는다면 대단한 설레발이었을 뿐이다.

단영은 한동안 침묵했다. 얼핏 아무런 동요도 없는 것처럼 보였다. 그 입가의 담배는 그저 천천히 타올라 기다란 재를 생성했다.

"좋아해."

"네?"

그 말은 꽃의 목소리인 양 희미해서 처음에는 알아듣지 못했다.

"너를 좋아해. 줄곧 사랑했어. 이제 됐나?"

단영의 입술에서는 담배가, 눈동자에서는 눈물이 떨어졌다.

"아……."

형언할 수 없이 기뻐서 금세 믿을 수는 없었다.

단영이 자신을 좋아한다고 말했다. 사랑한다고 말했다. 그것만으로도 상처의 통증이 날아갈 정도로 기뻤다.

"그렇다면……."

춘란은 단영 쪽으로 한 발 내디디려 했다. 하지만 그에 맞추어 그는 한 발 물러났다.

"왜죠……?"

"사랑해. 그게 뭐 어쨌다는 거야? 너와 내가 맺어질 일은 없어."

"어째서요! 당신이 응해준다면 저는 줄곧 당신의 곁에."

"부모님을 버릴 수 있나?"

단영의 말은 춘란의 가슴을 관통했다.

"그, 그건."

"나는 이제 백화주점의 주인이 아니야. 명괴 씨의 밑에서 청방의 조직을 통솔하게 됐어."

"뭐라고요……?"

본래대로라면 명괴의 조직을 잇는 것은 명덕였을 것이다. 하지만 그가 죽은 지금, 명괴가 기댈 사람은 단영뿐일 것이다.

"줄곧 피했어. 청방의 일원이 되는 일을 말이야."

단영의 눈물은 똑바로 뺨을 타고 떨어져 융단을 적셨다.

"나는 어딘가에서 류씨 가문의 부흥을 바라고 있었는지도 몰라. 리도 그랬어. 줄곧 난초를 지키며 언젠가 황도에 돌아갈 날을 꿈꾸고 있었지. 하지만 그런 그도 죽었어—"

춘란은 생각도 하지 못했다. 단영이 그런 생각을 하고 있었다니. 본 적도 없는 고향, 본 적도 없는 집, 그런데도 그

립다는 말인가.

"이제 과거에 얽매이지 않기로 했어. 앞으로 나아가며 새로운 내가 되어야 해— 그러니까 나는 명괴 씨의 조직을 잇겠어. 살기 위해."

"……."

"하지만 너는 달라. 부모님도, 오빠도 살아 있어. 아버지를 되돌리기 위해 나를 찾아왔잖아?"

"맞아요……."

"그렇다면 아버지께 돌아가. 나와 함께 있으면 너도 청방의 일원이야. 부모님을 울려도 좋아?"

"……하지만, 저는, 당신을……."

"사랑 따윈 필요 없어!"

단영의 목소리가 갑자기 폭발했다.

"너를 사랑하는 바람에 나는 명덕을 배신했어. 언제 어느 때라도 그를 위해 살겠다고 결심했는데, 결국 배신했어. 너 때문이야."

춘란은 경악했다. 명덕을 거스른 것은 그를 위해서가 아니었단 말인가?

"그 녀석이 나를 쏠 리가 없지. 그것을 알았기에 그에게 총구를 겨눴어. 네가 없었다면 명덕은 난초를 단념했을지도 몰라. 네가 없었다면……."

멈췄다고 생각한 눈물이 또다시 쏟아졌다.

"명덕이 취령을 사랑하지 않고, 내가 너를 사랑하지 않았더라면 그 두 사람은 아직 살아 있었을지도 몰라. 사랑이라는 것은 인간을 약하게 만들어. 그걸 겨우 깨달았어."

춘란은 참지 못하고 바닥에 무너졌다.

'내 탓이라고? 내가 단영을 사랑했기 때문에…… 단영이 나를 사랑했기 때문에?'

"그러니까 내 앞에서 사라져. 나는 앞으로 청방 안에서 살아가겠어. 약점은 필요 없어. 여자도 사랑하지 않아, 평생."

단영은 주머니에서 꺼낸 손수건으로 눈물을 닦고, 이번에야말로 정말로 떠나려 했다.

'싫어!!'

춘란은 팔로 바닥을 기어 단영의 다리에 매달렸다.

"놔."

"가면 안 돼요!"

다리뿐만 아니라 팔에도 상처를 입었지만 춘란은 그의 다리를 잡고 놓지 않았다.

"당신이 저를 사랑한다는 사실을 안 이상 놓을 수 없어요! 설령 당신의 여자가 되지 못한대도 곁에 있겠어요."

"부모님은 어떡하고?"

"안타깝지만 연을 끊겠어요. 가족에게 불똥이 튀지 않도록 말이에요."

"내가 네게서 마음이 떠나 기생집에 팔아버리면 어떻게 할 거지?"

"상관없어요. 당신을 위해서라면 어떤 일이라도 하겠어요. 기생집이든 어디든 보내세요."

춘란은 밑에서 단영을 올려다봤다. 이제 그는 울지 않았다. 하지만 그 눈은 무서울 정도로 진지하게 그녀를 바라보고 있었다.

"어째서……."

"네?"

"어째서 너는 남을 위해 자신의 몸을 던질 수 있지? 처음에는 아버지를 위해, 그 다음에는 몸을 바쳐 나를 구했어. 그리고 이번에는 나를 위해 무슨 일이라도 한다니. 어째서 그게 가능한 거야?"

춘란은 대답할 수 없었다. 한동안 침묵이 이어졌다.

"내 어머니는 나를 구하기 위해 몸을 던졌어. 너는 아버지나 나를 위해 희생하려 하고 있어. 어째서? 어째서 그럴 수 있는 거야?"

춘란은 생각했다. 여기서 틀린 대답을 한다면 그는 두 번 다시 돌아오지 않을 것이다. 그런 기분이 들었다.

"……희생이 아니에요."

단영의 발은 어린 나무처럼 다부졌다.

"희생이 아니에요. 아버지를 구하고 싶었던 것도, 당신의 곁에 있고 싶은 것도 저를 위해서지요."

신기하게도 평온한 기분이었다. 모두 다 터놓자. 자신의 모든 감정을.

"아버지께서 괴로워하는 모습을 보는 게 괴로웠어요. 그래서 구해 드리려 한 거예요. 그것과 마찬가지죠. 당신이 상처받는 모습을 보고 싶지 않기 때문에 구했어요. 당신의 아픔은 저의 아픔이에요. 어머님께서도 분명히 마찬가지셨을 겁니다."

단영의 눈이 아주 조금 커졌다.

"당신은 어머님께서 희생되셨다고 생각할지도 모르겠지만, 어머님께서 당신을 구한 것은 본인을 위해서였을 거예요. 어머님께서는 당신이 무사히 자랄 것을 알고 웃으셨을 테지요."

단영은 한동안 침묵했다. 그리고 그 눈동자에서 또 다시 한 줄기 눈물이 흘렀다.

이윽고 그는 웅크리고 앉아 춘란의 몸을 살며시 끌어안았다.

춘란은 목발을 이용하여 겨우 걸을 수 있게 되었다.

"정말로 그 사람에게 갈 거야?"

방에서 여동생을 지켜보던 온전은 아직 불안한 모양이었다.

그도 그럴 것이, 춘란은 편지 한 장만 남긴 채 단영에게 갈 작정이었다.

"사실은 부모님께 제대로 인사드리고 싶었지만…… 그건 무리야. 두 분 다 이해해주실 것 같지 않아."

"나도 아직 허락한 건 아니야. 청방의 남자 따위……."

춘란은 문병을 와 준 오빠에게만은 단영과의 일을 털어 놓았다. 오빠는 춘란이 그에게 속았다며 좀처럼 납득하지 않았지만, 결국에는 굽히지 않을 수 없었다. 춘란의 결의는 그 정도로 굳건했다.

"알아. 그 사람이 청방이라면 나도 청방의 여자야. 하지 만 그 사람의 곁에 있고 싶어."

온전은 입을 다물었다. 이제 무슨 말을 해도 듣지 않을 것임을 뼈저리게 느꼈을 것이다.

"이제 어디로 갈 거야?"

"공동조계에 있는 단영의 저택. 본국으로 돌아간 영국인 의 집을 사들였대. 이제 그곳으로 갈 거야."

"네가 보고 싶을 땐 어디로 가면 돼?"

"백화주점의 요 씨에게 말해줘. 우리도 종종 들를 테니 까."

백화주점은 일 층이 폭파된 뒤 금세 정비에 들어갔고 이 제 곧 영업을 재개한다. 지배인인 요가 새 주인이 되었다. 친구인 용나는 가게가 영업을 시작하면 다시 일한다는 모 양이다.

"이제 갈게. 여러 가지로 고마워, 오빠. 잘 지내."

온전은 아직도 개운치 않은 표정을 짓고 있었다.

"역시 일단은 집으로 돌아가는 게 맞아. 설령 반대하신 대도 부모님께 얼굴을 보여 드려야지."

"……미안해. 하지만 지금 두 분의 얼굴을 본다면 그 사람 곁으로 가겠다는 결심이 흔들릴 것 같아."

단영의 여자가 된다는 것은 평범한 결혼과 그 의미가 다르다. 계씨 가문의 이름을 버리고 그냥 여자가 되어야만 한다. 그렇지 않으면 가족에게 피해를 끼치게 된다.

"나는 부모님보다 그 사람을 선택했어. 불효녀라고 해도 어쩔 수 없어. 의절당할지도 모르지."

"너는 그걸로 족해? 지금 가족에게 돌아가면 평범하게 살 수 있어. 네가 바란다면 결혼도……."

춘란은 한동안 침묵했다. 하지만 그것은 망설이기 때문이 아니라, 오빠를 설득할 말을 찾았기 때문이었다.

"미안, 미안해……. 나도 어떻게 하면 좋을지 모르겠어. 몸이 두 개였으면 싶을 지경이야. 하지만 한쪽만 선택해야 한다면……."

"아버지 몸이 또 안 좋아지면 어떡해? 겨우 중독에서 벗어나셨는데."

그 말을 들은 춘란은 정말로 곤혹스러웠다. 가장 마음에 걸린 것은 아버지였다. 마침내 자력으로 아편 중독을 극복했는데, 춘란 때문에 또 다시 도진다면…….

"비겁해, 오빠. 지금 그런 말을 하다니."

"뭐가 비겁해. 나는 그게 가장 걱정이야. 그렇게 되면 너도 마음이 많이 쓰이겠지."

"……."

"응? 일단 집으로 돌아가자. 아버지께 제대로 말씀드린 뒤에 그 사람에게 가도록 해."

이대로 단영의 곁으로 갈 셈이었는데 오빠의 말로 결심이 흔들렸다. 역시 돌아가야 할까— 하지만 한 번이라도 부모님의 얼굴을 본다면 집을 나오지 못하게 될지도 모른다.

하지만 단영을 단념할 수도 없다. 그랬다가는 자신의 마음이 죽고 말 것이다.

'어쩌지……?'

춘란은 혼란스러워 침대 위에 앉았다.

그때, 살며시 문을 두드리는 소리가 들렸다.

"누구세요?"

단영이 벌써 마중을 온 건가? 하지만 문 밖에서 들린 목소리는 의외의 것이었다.

"춘란……. 나다, 아버지야. 문을 열어주렴."

"아버지!"

춘란은 목발을 짚고 황급히 문을 열었다. 그곳에는 헐렁한 옷에 야윈 몸을 감싼 아버지와, 그런 아버지를 지탱한 어머니의 모습이 있었다.

룸서비스로 홍차를 주문하고 네 식구는 오랜만에 한 곳에 모였다.

"네가 청방의 남자를 사랑한다고 온전이 말하더구나."

"죄송합니다……."

춘란은 부모님 앞에서 고개를 숙였다. 한동안 앓았던 아버지는 눈에 띄게 야위어 있었고, 그런 아버지를 이런 상황에 놓이게 만들었음에 죄책감이 느껴졌다.

'역시 나는 단영의 곁으로 갈 수 없는 걸까……?'

"춘란, 너는 진심으로 그 남자에게 갈 셈이냐?"

"아…….""

"우리와 연을 끊고서라도 그 남자와 함께하고 싶으냐?"

참았던 눈물이 왈칵 쏟아졌다. 자신은 죄 많은 딸이었다. 매정한 딸이었다.

"아버지, 엄마, 용서해 주세요……. 하지만 저는 어떻게 해서든 그 사람 곁으로 가고 싶어요. 안 될 일이라는 건 알고 있어요. 의절하셔도 좋아요."

"춘란! 그만해!"

온전이 노성을 질렀지만 춘란은 자신의 마음을 억누르지 않았다.

"아버지, 제가 백화주점에 간 것은 그 가게에 있던 잠자는 난초를 원했기 때문이에요. 아버지께서 하룻밤이라도 편안하게 주무시길 바랐거든요."

"춘란, 너 그런 생각을 한 거였니?!"

어머니가 소리쳤다.

"엄마, 거짓말을 해서 미안해. 하지만 오해하지 마. 이건 날 위해서 한 일이야. 괴로워하는 아버지를 위해 아무것도 할 수 없는 내가 싫었어."

아버지의 눈은 마노(석영질의 보석)처럼 아름다웠다.

"저는 거기서 단영과 만나 사랑에 빠졌어요. 그 사람도 저를 사랑하지요. 저는 그 마음에 응하고 싶어요. 평생 딱 한 번만 어리광을 부릴게요. 그 사람의 곁으로 가게 해주세요."

아버지의 눈에서 눈물이 떨어졌다. 그 모습을 보자 마음이 흔들렸다.

'아버지는 고향에서 쫓겨나고, 할아버지와 할머니를 빼앗기며 많은 고생을 하셨어. 그런 아버지를 두고 가다니, 나는……'

"춘란, 가거라."

하지만 아버지의 말은 의외였다.

"당신, 진심이세요?!"

"상대는 청방의 무뢰한이라고요."

어머니와 오빠가 일제히 반론했다. 오늘 두 사람은 기필코 춘란을 집으로 데려갈 셈이었다.

하지만 아버지는 숱이 적은 머리를 가로저었다.

"나는 집과 땅을 잃고 마음이 꺾였어. 몸도 약해져서 앞으로 몇 년이나 너희들을 지켜줄 수 있을지……. 그렇다면 아이들은 마음껏 살도록 해야 돼. 온전, 너도 살아갈 터전을 결정하는 것이 좋을 게야."

"아버지……"

오빠의 눈에도 눈물이 맺혔다.

"네게 물려줄 집도 땅도 잃었다. 춘란에게 줄 지참금도 없어. 내가 할 수 있는 것은, 최소한 너희들의 발목을 잡지 않는 일이지⋯⋯."

어머니가 엉엉 울기 시작했다. 한동안 오열하던 어머니는 이윽고 눈물을 닦으며 얼굴을 들고 춘란의 손을 잡았다.

"그래, 아버지가 그렇게 말한다면 어쩔 수 없지. 하지만 연을 끊는다는 말은 마. 앞으로도 종종 얼굴을 비치렴. 언제든지 옷을 만들어줄 테니까."

"엄마⋯⋯."

춘란은 어머니의 품에 안겨 아이처럼 울었다.

공동조계 안에 있는 집은 영국인이 만든 저택이었다. 호텔에 있던 춘란은 단영이 보낸 차를 타고 그 저택에 도착했다.

"어서 오십시오, 마담."

안으로 한 걸음 내디디자 감색 서양 옷에 하얀 앞치마를 두른 중국인 여성이 맞아주었다.

"마담이요? 제가요?"

"네, 나리께서 그렇게 부르라고 분부하셨습니다."

춘란은 부끄러워서 머뭇거렸다. 그때 계단에서 내려오는 이가 있었다.

신사복 차림의 단영이었다. 뒤에는 검은 신사복을 입은 남자들이 줄지어 그를 따르고 있었다.

거리에서 본 무뢰한들과는 달리 눈빛이 범상치 않았다.

청방 중에서도 윗선일 것이다. 알고는 있었지만 춘란은 긴장되었다.

"잘 왔어."

오랜만에 본 단영의 얼굴은 이전보다 더 늠름했다. 조직을 이끈다는 자부심이 그의 얼굴까지 변화시킨 것일까?

단영은 춘란의 목발을 받아들고는 자신의 팔을 잡도록 했다.

"상처는 어때? 아직 무리하지 마."

"네, 천천히 걸으면 괜찮…… 앗."

갑자기 몸이 옆으로 기울었고, 정신을 차리고 보니 단영의 팔에 안겨 있었다.

"괘, 괜찮아요. 내려주세요……!"

"무리하지 마. 아직 계단은 못 올라가잖아?"

단영은 춘란을 가뿐히 들고 다시 이 층으로 올라갔다. 신사복 차림의 남자들은 조용히 저택 밖으로 나갔다.

"저 사람들은……?"

춘란이 그렇게 묻자 단영은 한동안 입을 다물었다.

"내 부하야. 너는 신경 쓸 것 없어."

아무래도 단영은 춘란을 업무와 분리하고 싶은 모양이었다. 안심이 되는 한편, 섭섭하기도 했다.

"자, 여기야."

그곳은 이 층 중앙에 위치해 있었다. 안으로 들어가자 눈앞에 있는 창문을 통해 정원의 녹음이 보였다.

"멋지다……."

춘란을 의자에 앉힌 단영이 창문을 열었다. 초여름의 바람이 방으로 들어왔다.

'벌써 계절이 이렇게 됐구나.'

단영을 처음으로 만난 건 겨울의 끝자락, 계절 하나가 지나기 전에 춘란은 그를 사랑하게 되었고, 그는—

'그는 많이 변했어. 친구를 떠나보내고, 끝까지 남았던 리 씨도 떠나고, 가게는 불타고—'

춘란은 비스듬히 뒤쪽에 서서 단영을 바라봤다. 머리모양과 복장은 변했지만 그의 눈은 변하지 않았다. 언제나 그의 주위에는 상쾌한 바람이 부는 듯했다.

'아무리 처지가 변한대도 나는 이 사람이 좋아. 영원히—'

단영은 자신을 물끄러미 바라보는 춘란 쪽을 돌아봤다.

"아……."

"왜 그래?"

"아니요, 오랜만이다 싶어서요."

단영의 손가락이 춘란의 머리카락을 부드럽게 빗었다.

"지금 사람들에게 인사할 걸 그랬나요? 함께 일하는 분들이죠?"

오랜만에 닿은 단영의 손가락은 더할 나위 없이 다정해서, 무언가를 말하지 않고서는 견딜 수 없을 지경이었다.

"너는 겉으로 나서지 않아도 돼. 이 집을 지키는 것이 네 역할이야."

"하지만 제가 서양풍 집을 관리할 수 있을까요?"

"너를 맞이해준 메이드인 오(吳)에게 배우도록 해. 그녀는 영국인 주인이 있던 무렵부터 이 집에서 일했거든."

"그럼 당장 부엌으로 가볼게요."

단영은, 의자 등받이를 짚고 일어나려던 춘란의 옆구리에 손을 뻗어 그녀를 끌어안고 입 맞췄다.

'앗······.'

입술과 입술이 닿자마자 몸속이 저릿해졌다. 혀끝이 이에 살짝 닿은 것만으로도 달콤한 숨결이 새어나왔다.

"아아······."

"부상을 입었기에 참고 있었는데 그렇게 팔팔하다면 사양하지 않겠어."

단영은 춘란을 침대에 앉히고 옷의 단추를 풀었다. 속옷을 밀어올린 유두의 모양이 분명하게 느껴졌다. 이미 살갗은 단영을 원하고 있었다.

"네 몸을 만지고 싶어서 참을 수가 없었어······. 이 하얀 살갗을."

"저, 저도, 당신을 보고 싶었어요. 정말로 여기에 있는 거 맞죠······?"

"물론이야. 이제 너는 나의 것이야. 영원히."

속옷을 벗기니 터질 듯한 가슴이 훤히 드러났다. 엷은 색깔의 돌기는 이미 단단해져 있었다. 단영은 묵직한 유방을 들어 올리더니 그 선단을 직접 빨아들였다.

"히익…… 아아!"

민감한 돌기를 핥자, 자극에 굶주렸던 춘란은 참지 못하고 비명을 질렀다. 그곳을 핥는 것만으로도 절정에 다다를 것 같았다.

"앗…… 아아."

단영도 굶주렸던 걸까? 춘란의 몸을 성급하게 갈구했다. 유방이 끈적끈적해질 때까지 핥은 뒤, 둥근 돌기를 수없이 빨아들였다.

"아아아, 이, 이제……."

"혀에 닿는 느낌이 좋아, 게다가 따뜻해……. 너도 느끼고 있지?"

"네, 맞아요."

"다리를 벌려."

춘란은 상처를 자극하지 않도록 서서히 허벅지를 좌우로 벌렸다. 단영은 그 허리에서 천천히 속옷을 제거한 뒤, 이미 뜨거워진 주름을 열었다.

"후아아……."

그곳은 부끄러울 정도로 축축하게 젖어 있었다. 단영이 손가락을 살며시 대자 안에서 꿀이 쏟아졌고, 둥근 자핵(雌核)도 형태를 분명히 드러내고 있었다. 단영은 작은 알갱이를 살며시 꼬집었다.

"히이익! 아, 안 돼요!"

"여전히 음란한 몸이로군……. 자, 이 꽃을 더욱 잘 보여 줘."

다리를 더 크게 벌리자 꽃잎 속까지 드러났다. 꿀을 듬뿍 채운, 작은 연홍빛 꽃잎— 잘 여문 그곳은 남자를 유혹하고 있었다.

"아, 부, 부끄러워요."

"이렇게 됐는데 아직도 부끄럽단 말이야?"

"그건, 아, 아아아!"

단영의 혀가 꽃잎을 할짝할짝 간질였다. 나비가 꿀을 빠는 듯한 동작이었다. 그것만으로도 굶주린 몸은 절정에 달할 것 같았다.

"아, 안 돼요, 절정이에요……!"

"자, 듬뿍 마시게 해줘."

입술이 꽃잎에 딱 달라붙었고, 혀끝이 놀랄 만큼 깊은 곳까지 침입했다. 그리고 안쪽의 꿀단지를 헤집듯 거세게 후볐다.

"싫어요, 아아아앗!"

참지 못한 춘란은 주름을 떨며 절정을 맞이했다. 꿈틀거리는 꽃잎을 실컷 맛본 단영은 그제야 혀를 뺐다.

"조임이 훌륭했어. 오늘은 더 할 생각이 없었지만 그럴 자신이 없어졌어."

"부탁이에요……. 와줘요……."

침대에 축 늘어진 춘란은 단영을 유혹했다.

"괜찮겠어? 다리가 아직."

"이런…… 이런 짓을 해놓고 저를 방치할 셈인가요? 그게 더 잔혹해요."

단영은 그 말을 듣더니 일어서서 재킷과 바지를 벗었다. 서양식 속옷에 감싸인 하반신은 천을 뚫을 듯 고개를 쳐들고 있었다.

"실은 아까부터 인내심의 한계야. 더 참았다면 신사복을 더럽힐 뻔했어."

속옷을 제거하자 하얀 셔츠 자락 밑에서 검붉은 육봉이 얼굴을 내밀고 있었다. 춘란은 천천히 몸을 일으켜 그쪽으로 손을 뻗었다.

"오세요……."

아랫배에서 수직으로 튀어 나온 남근에 손가락을 얽자, 그것은 움찔움찔 경련하며 이슬을 떨어뜨렸다. 단영은 다리에 충격을 주지 않도록 천천히 그녀의 안으로 자신을 밀어 넣었다.

"후아, 웃……!"

오랜만에 접촉한 뜨거운 육봉은 춘란의 몸을 천천히 찔렀다. 좁은 주름이 조금씩 열렸다.

"히익…… 아아, 괴, 괴로워요……."

"빡빡하군. 하지만 따뜻해……. 달라붙는 것 같아."

깊숙이 찌른 뒤 천천히 피스톤 운동을 시작했다. 격렬하게 하는 것과는 달리, 정성스레 내벽을 문지르자 느껴본 적 없는 쾌락에 몸이 떨렸다.

"아, 아아, 이렇게 좋다니……!"

한 번 절정에 다다른 춘란의 육체는 남자의 물건에 달라붙어 끌어들였다. 깔끔하게 정돈된 단영의 앞머리가 흐트러지며 하얀 이마에 닿았다.

"빌어먹을, 안에서 녹아버릴 것 같아……. 뜨거워, 움직이고 있어……."

"좋아요……. 좀 더 깊이…… 전부, 당신의 것으로 만들어줘요……."

자신의 몸으로 그를 단단히 잡고 감싸고 조였다. 그것은 거의 무의식중에 행한 음란한 미태(媚態)였다.

"히익, 아앗……!"

단영은 춘란의 허리를 단단히 잡고 맨 안쪽까지 찔러 넣었다. 그대로 조금씩 움직이자 음란한 꿀이 흘러넘쳤다.

"아, 안 돼요, 또, 아아아!"

육봉과 꽃잎의 사이에서 끈적끈적한 이슬이 질퍽질퍽 물소리를 냈다. 작은 싹은 주름 속에서 또다시 뜨겁게 굳고 있었다.

"좋아, 좀 더 머금어봐……. 더 음란하게, 더 격렬하게……."

단영은 이어진 채 부푼 자핵을 엄지로 자극했다. 그것만으로도 좁은 내벽은 육봉을 강하게 조였다.

"그, 그러면, 또, 절정이."

"좋아, 이대로…… 함께……!"

그가 퍽 하고 강하게 찌르자 체내에서 터지는 감촉이 느껴졌다. 단영이 액체를 방출하자 동시에 춘란의 몸도 두 번째의 절정을 맞이했다.

"아, 뜨거워요, 아, 아, 아……."

"춘란…… 춘란……."

덮친 채로 속삭인 단영의 목소리가 달콤하게 귀를 막았다―

온수에 적신 천으로 몸을 닦고, 서양식 잠옷에 감싸인 춘란은 그대로 침대에 누웠다.

"발 말고는 멀쩡해요. 아직 자지 않아도 돼요."

"잔말 말고 오늘은 푹 쉬도록 해. 얼굴이 조금 빨개."

실은 몸의 열기가 사라지자 부러진 다리에 통증이 느껴졌다. 보호하기는 했지만 어딘가에 부딪친 모양이었다.

'하지만 어쩔 수 없어. 그와 함께 있는데 참을 수는 없지.'

침대에 누운 춘란을 들여다보는 단영의 눈동자는 깊고 아름다웠다.

"저건……?"

춘란은 방구석에 놓여 있는 화분을 발견했다. 그것은 틀림없이 잠자는 난초였다. 그 엄청나게 향기 좋은 난초 한 촉이 방구석에 있는 테이블 위에 놓여 있었다.

"다른 난초는 모두 처분했어. 섣불리 다른 사람의 손에 넘어가면 성가셔지니까. 하지만 한 촉만은 남겨두기로 했어. 리가 소중히 여기던 난초야."

꽃이 진 난초는 윤기 나는 잎을 뻗었을 뿐이었다. 이것을 둘러싸고 수많은 사람들이 농락당했다고는 믿기 어려울 정도로 평범한 모습이었다.

"제가 돌볼게요. 본래 제가 받기로 했었잖아요? 꽃을 피워서 당신도 향을 즐기도록 해요."

단영은 침대의 쿠션에 기댄 춘란의 몸을 끌어안았다.

"내게 잠자는 난초는 필요 없어……. 네가 있으면 어디서든 잠들 수 있거든."

"단영……."

춘란은 단영의 머리를 부드럽게 껴안았다. 짧아졌지만 여전히 아름다운 흑발이었다. 얇은 귓볼도, 넓은 어깨도 사랑스러웠다.

'이 사람을 지키고 싶어.'

단영의 본질은 악하지 않다고 생각한다. 그런 인간이 살기 위해 아수라장으로 들어가려 하고 있었다.

그런 그의 가장 약한 부분을 지키고 싶었다.

자신만은 그의 마음을 믿자. 한 송이의 꽃을 지키듯이.

춘란의 손가락은, 마치 꽃을 즐기듯 단영의 머리카락을 부드럽게 쓰다듬었다.

『상해연무～백화정원의 난초 아가씨～』끝

작가 후기

세 번째 뵙겠습니다, 요시다 안입니다. 이번에는 첫 중화
풍 이야기입니다. 마지막 황제로 유명한 청조(淸朝) 말기의
상해가 무대입니다.

소설에서는 고유명사를 제시하지 않았지만 황도에서 유
명을 달리한 황태후와 선황제는, 서태후와 그 조카인 광제
황제입니다. 작중에서는 성명을 간략화했기에 아들이 되었
지만, 광제 황제가 숨을 거둔 다음 날에 서태후가 숨을 거
둔 것은 사실입니다. 광제 황제의 몸에서는 비소가 검출되
었는데, 그를 독살한 범인은 아직도 밝혀지지 않았습니다.

중국이지만 여러 나라 사람이 뒤섞인 당시의 상해는 다
양한 상상을 북돋웁니다. 언젠가 또 다시 도전해 보고 싶습니다.

　마지막으로, 화려한 일러스트를 그려주신 이케가미 사쿄 선생님께 감사드립니다. 스케치를 받았을 때 그 아름다움을 아이폰으로 수없이 확인했습니다.

　의견과 감상 등을 보내주신다면 감사하겠습니다.

　　　　　　　　　　　　　　　　　　　　　요시다 안

역자 후기

안녕하세요? 역자입니다. 작가 선생님과 마찬가지로 저
역시 첫 중화풍 이야기였습니다. 공교롭게도 그동안 접했
던 TL 작품들은 죄다 서양풍(아마도 유럽의 어딘가?) 이야기
였네요. 개중에는 일본이 무대인 이야기도 있었지만 중국
을 무대로 한 이야기는 이 작품이 처음이었습니다.

여러분은 '상해' 하면 무엇이 떠오르시나요? 저는 '상해
임시정부'와 설운도 씨의 노래 '사랑의 트위스트'가 생각
납니다(둘 사이의 갭이……^^;). 청조 말기의 상해는 이런 모
습이었던 모양이죠? 다양한 국적의 인간이 모여 사는 동네
라니, 상상만으로도 독특한 분위기가 느껴집니다.

이 책을 번역하면서 애로사항(?)이 있었다면, 바로 인물

들의 이름이었습니다. 마치 우리나라에서 형제간에 돌림자를 쓰듯이 이 책에서는 부모 자식 사이에 돌림자를! 이 책의 여주인공 춘란의 어머니는 춘나, 그녀의 오빠는 온전, 아버지는 온수, 그리고 청방의 보스 명괴와 아들 명덕. 으아아아! 특히 명괴(明壞)와 명덕(明德)은 한자(漢字)까지 비슷해서 헷갈리기 일쑤였습니다. 작가 선생님을 원망(?)하며 괜스레 포털 사이트에서 '중국인 돌림자'라고 검색해 본 건 비밀입니다.

　의외의 애로사항(?)은 있었지만 이야기가 재미있었기에 극복할 수 있었습니다. 특히 후반부로 갈수록 커지는 애절함에 오랜만에 가슴이 선덕거렸답니다. 아, 단영! 흑발의 냉미남 같으니라고! 역시 흑발은 진리입니다. 여러분도 단영의 매력에 흠뻑 빠져보시기 바랍니다.

조민경

TL 로맨스 원고 공모

한국 TL을 선도해 나가는
AIN-FIN 메르헨-엘르 노블에서
뜨겁고 은밀한 사랑 이야기를 찾습니다.

장르 : TL 로맨스(현대, 판타지, 시대물 무관)
분량 : 200자 원고지 기준 700매 내외

보내주실 곳 : ainandfin@naver.com

채택되신 작품은 계약 후 교정 작업을 거쳐 정식 출간됩니다!

많은 참여 부탁드립니다.

사랑은 망각의 저편

소녀는 달콤한
꿈에 허덕인다

시라유키 마소호 글
아사히코 그림
김하나 옮김

기억을 잃은 채 발견되어 인간 상인에게 팔린 이리스는 경매에서 유곽 주인에게 낙찰될 위기에 처한다. 이를 구해준 것이 빅터, 이스칸리아 황국이 자랑하는 천인대장이었다.

그는 이리스를 구해주었지만 차가운 태도를 취한다. 미심쩍어하는 이리스에게 그녀가 황녀라는 사실을 밝히는 빅터. 그를 향한 반발과 끌리는 마음 사이에서 흔들리는 이리스의 운명은?!

《숙녀에게도 꿈꾸던 동화—메르헨이 있다》 메르헨노블

시미즈 미나토 글 ― 아마노 치기리 그림 ― 조민경 옮김

후궁정원

비밀스런 사랑은 황제 폐하와

실종된 남동생 대신 남장을 하고 궁중 관리로 들어간 이령. 타고난 어설 픔 때문에 실패의 연속이지만, 어쩌다 황제의 몸종으로 발탁되어 일하게 된다. 그러던 어느 밤, 정원의 샘에서 목욕하며 잠시 숨을 돌리고 있는 데, 그 모습이 황제의 눈에 띄어 품에 안기게 된다. 낮에는 몸종으로 황 제를 모시고, 밤에는 정체를 숨긴 채 밤 시중을 들게 된 이령은……?!

프린세스 파이러트

백작 영애는 밀애에 빠진다

이오리 미나 글
아마노 치기리 그림
김하나 옮김

영국의 몰락한 귀족의 딸 엘레인은 유괴되어 사막의 나라 샤미아프의 하렘으로 팔리게 된다. 어떻게든 벗어나 보려다 우연히 발견한 비밀 통로를 지나자, 그곳은 왕의 욕실이었다. 자객으로 오인받아 호위병들에게 붙잡힌 엘레인을 아슬아슬하게 구해준 건, 바자르에서 만났던 멋진 남성이었다. 하지만 살고 싶다면 그와 혼례를 올려야 한다는 이야기를 듣게되는데……?!

〈숙녀에게도 꿈꾸던 동화—메르헨이 있다〉 메르헨노블

잔학왕과
철부지
공주의 결혼

모리야마 유키 글
아사히코 그림
정우주 옮김

특산품인 초콜릿과 와플, 풍부한 다이아몬드 산지로 번영한 모다브 왕국의 왕녀 아델리느는 애지중지 소중하고도 자유분방하게 자라왔다. 그러나 나날이 커져가는 이웃 나라의 위협 때문에 갑자기 볼프스베데 황국의 황제에게 시집가게 되고 만다. 황제는 황비를 잇달아 처형한다고 소문난 잔학왕. 곤혹스러워하는 아델리느였지만 타고난 느긋함으로 황제에게 맞서는데……?!

〈숙녀에게도 꿈꾸던 동화─메르헨이 있다〉 메르헨노블

니가나 글 ─ 아마노 치기리 그림 ─ 정우주 옮김

심술쟁이 공작의 우아한 계략

눈을 뜨자 매디는 실오라기 하나 걸치지 않은 모습으로 엄청 싫어하는 소꿉친구 닉에게 침대 위에 깔려 눕혀져 있었다. 저항하기는 했지만 마지막까지 안겨 버린 매디. 다음 날 아침, 그를 규탄했지만 '네가 유혹했다'라는 말이 되돌아온 데다 결혼까지 강요당하고 만다. 그 후 닉은 한시도 곁에서 떨어지지 않고서 틈만 나면 침대로 밀어 넘어뜨린다. 반발하는 매디였지만 진정한 마음은……?!

〈숙녀에게도 꿈꾸던 동화─메르헨이 있다〉 메르헨노블

Märchen
Novel
메르헨노블